CAIXA DE LÁPIS DE COR

crônicas para colorir a vida

Editora Appris Ltda.
1.ª Edição - Copyright© 2023 do autor
Direitos de Edição Reservados à Editora Appris Ltda.

Nenhuma parte desta obra poderá ser utilizada indevidamente, sem estar de acordo com a Lei n° 9.610/98. Se incorreções forem encontradas, serão de exclusiva responsabilidade de seus organizadores. Foi realizado o Depósito Legal na Fundação Biblioteca Nacional, de acordo com as Leis n°s 10.994, de 14/12/2004, e 12.192, de 14/01/2010.

Catalogação na Fonte
Elaborado por: Josefina A. S. Guedes
Bibliotecária CRB 9/870

F224c 2023	Farias, Thiago Velde Caixa de lápis de cor : crônicas para colorir a vida / Thiago Velde Farias. 1. ed. – Curitiba : Appris, 2023. 116 p. ; 23 cm. ISBN 978-65-250-5184-0 1. Crônicas brasileiras. 2. Estoicos. 3. Memória autobiográfica. I. Título. CDD – B869.3

Appris editora

Editora e Livraria Appris Ltda.
Av. Manoel Ribas, 2265 – Mercês
Curitiba/PR – CEP: 80810-002
Tel. (41) 3156 - 4731
www.editoraappris.com.br

Printed in Brazil
Impresso no Brasil

Thiago Velde Farias

CAIXA DE LÁPIS DE COR

crônicas para colorir a vida

FICHA TÉCNICA

EDITORIAL	Augusto Vidal de Andrade Coelho
	Sara C. de Andrade Coelho
COMITÊ EDITORIAL	Marli Caetano
	Andréa Barbosa Gouveia (UFPR)
	Jacques de Lima Ferreira (UP)
	Marilda Aparecida Behrens (PUCPR)
	Ana El Achkar (UNIVERSO/RJ)
	Conrado Moreira Mendes (PUC-MG)
	Eliete Correia dos Santos (UEPB)
	Fabiano Santos (UERJ/IESP)
	Francinete Fernandes de Sousa (UEPB)
	Francisco Carlos Duarte (PUCPR)
	Francisco de Assis (Fiam-Faam, SP, Brasil)
	Juliana Reichert Assunção Tonelli (UEL)
	Maria Aparecida Barbosa (USP)
	Maria Helena Zamora (PUC-Rio)
	Maria Margarida de Andrade (Umack)
	Roque Ismael da Costa Güllich (UFFS)
	Toni Reis (UFPR)
	Valdomiro de Oliveira (UFPR)
	Valério Brusamolin (IFPR)
SUPERVISOR DA PRODUÇÃO	Renata Cristina Lopes Miccelli
PRODUÇÃO EDITORIAL	Daniela Nazario
REVISÃO	Simone Ceré
DIAGRAMAÇÃO	Renata Cristina Lopes Miccelli
CAPA	Eneo Lage

Dedicatória

D. Belinha (mãe)

Enrique Iglesias (o companheiro)

Dina, Mandina, Tia Lalá (in memoriam)

Envelhecemos agarrados
Nas certezas
De tal modo
Que nos voltamos presas
E vamos em trilhos
E vagões
Esquecendo
A leveza e
E a nobreza
Da beleza
E reza a lenda
Que tesa
A certeza
Num ato
De rudeza
Mata a si próprio
No grão vão
Da grandeza

Thiago Velde Farias

PREFÁCIO

Para prologar un libro de crónicas, nos parece necesario recurrir a algunas rutas analíticas que nos permitan abordar esta producción semiótico-discursiva. El libro contiene 51 crónicas, que tratan de temas variados, como es variada la vida, lo cotidiano. La crónica pertenece a la nanoficción, a la nanonarrativa que actualmente adquiere espacio en los escenarios de la producción literaria. En este sentido, las crónicas memoria, crónicas de lo cotidiano que encontramos en el libro siguen las pautas de la nanonarrativa en cuanto al contenido y a la forma. La nanonarrativa produce cápsulas sintéticas que se articulan con el ritmo rápido y efímero del mundo digital, del ciberespacio, del cibertiempo.

En estas crónicas-memoria (son 51, desde al año 2010 a 2023), se puede navegar recuperando los procesos mnemotécnicos para dar a lo cotidiano otra dimensión cronotópica, espaciotiempos revividos y mirados desde otros ángulos que captan en la lectura.

La arquitectura de los objetos discursivos, de los tópicos que se desarrollan no tienen ninguna linealidad, ni homogeneidad, y con estas características se dinamiza el componente narrativo de las crónicas. Los campos semánticos tratados pueden enumerarse, de modo sintético, en los siguientes: las vivencias y experiencias personales ligadas a problemáticas socio-culturales, a la alteridad; los alcances y significados del Arte, ligada a metáforas fecundas como la usada en una crónica, y presente en el título del libro; actividades muy ligadas a la identidad brasileña, como son el carnaval, el futbol; problemas de la naturaleza y ecología; asuntos del amor y de las emociones; reflexiones sobre la vejez, la muerte.

Los tópicos obedecen a una arquitectura con una coherencia peculiar, porque la lectura conduce sin ninguna lógica a varios temas ya enunciados, lo que responde al movimiento y a una lógica particular de la memoria. En los momentos fugaces y cortos que se cristalizan en las crónicas, fluyen los hilos alógicos de la memoria, que es captada y materializada en estos fragmentos.

La dimensión retórica está explorada más en unas crónicas, que en otras. Destacamos las metáforas en cadena de Caixa de Lápis de Cor, O menino que sonhava com as estrelas, y Aliteração concedida. Esta figura retórica tiene uma crónica com dedicatória en el título Não existe vida fora da metáfora.

En Caixa de Lápis de Cor, se construye una metáfora de la vida ligada al Arte, y la pérdida de este con los años. Lápis de Cor para colorir la vida, muy pertinente, y la esperanza cuando se afirma que ellos son reconstruidos en la "fábrica del universo". El gran desafío es no descolorir la vida, como se plantea en esta crónica. Un objeto tan común en la infancia, se instala desde la metáfora en reflexiones filosóficas sobre el desarrollo de la vida y la pérdida de los colores de la esperanza.

En O menino que sonhava com as estrelas, también la crónica está inundada com metáforas. En esta crónica, el trabajo, las dificultades se metamorfosean con el cielo del sertao, y con lo imaginario producido por el niño, que en sus sueños se transformaba en un héroe lleno de energías y que podía vencer la oscuridad con las estrellas. En los diversos niveles de realidad que viven los sujetos, este es uno onírico que se presta para ser poblado por lo imaginario, en este caso siempre lleno de luces, de esperanza que superan la pobreza la oscuridad.

En Aliteração concedida, se inicia con A sábia sabiá sabia, juego de palabras muy apropiado, para narrar la epopeya de un pajarito al hacer su nido, frente al escenario y la relación con un ser humano. En la narrativa, se destacan dos lógicas totalmente distintas: la del pajarito, y la del ser humano cuando al inicio destruye el nido. En esta nanonarrativa, se emerge la complicada relación naturaleza-cultura. Pero, por fortuna la naturaleza vence el ataque destructivo, y el pajarito puede poner y crear sus hijos. La poesía invade el escenario, como plantea el autor, con Susurros de la Naturaleza.

Como comentario final, o cuasi final, queremos destacar el trabajo detenido en estas crónicas de la dimensión emocional, que se genera en varios tipos y grados distintos. Las emociones se materializan concretamente en varias crónicas, como en las relacionadas con el amor, tanto con el amor y la traición, como con el amor bien sucedido, en la crónica A sorte de um amor tranquilo, como con el amor en Solidão a dois, y en la crónica titulada Como anda seu filtro? En la producción semiótico-discursiva literaria, es necesario y destacable la presencia de la dimensión emocional en sus múltiples facetas, principalmente porque una de las premisas que definen el Arte es justamente lo emocional. En los diversos tipos de Arte, y la variedad inmensa que existe por la capacidad ilimitada de la creatividad, siempre están presentes las emociones que se cristalizan y son trabajadas con las diferentes herramientas que tiene el artista.

Este libro de crónicas-memoria, crónicas de lo cotidiano abre puertas y ventanas, caminos y encrucijadas para entrar en la producción de múltiples sentidos que se proyectan a lo largo de su lectura. Es una invitación significativa para navegar por la memoria inasible de lo cotidiano.

Dra. Julieta Haidar, México, 3 de agosto de 2023.

Profesora Investigadora de Análisis del Discurso y Semiótica de la Cultura

Escuela Nacional de Antropología e Historia

A escrita de Thiago Velde Farias sempre quer resolver algo no mundo. E consegue!

Marivone Cerqueira.

A marca principal de um bom cronista é justamente saber não só olhar, mas ver e notar algo além que se destaca no turbilhão de imagens e estímulos que muitas vezes nos anestesia e cega para os detalhes do cotidiano frenético. É sua loucura e seu bálsamo saber extrair do ordinário o extraordinário da vida através de sua singularidade. Tal olhar peculiar salta nas páginas de Thiago Velde que ora se revela para o público, sua caixa de lápis de cor lança luz naqueles cantinhos que ninguém percebe ou, se percebe, não identifica o belo escondido sob a opacidade aparente. Usando duas frases suas da bela crônica A sorte de uma amor tranquilo, ele escreve com "Os anéis da simplicidade e A sinfonia do cuidado". Convido o leitor a ver o mundo pelas lentes desse menino do Jorrinho que sempre vê mais longe...

Alana Freitas El Fahl,
Professora de Literatura na Universidade Estadual
de Feira de Santana e também cronista amadora.

Caixa de Lápis de Cor: crônicas para colorir a vida é um convite a contemplação da existência através das palavras. Neste livro, Thiago, nos presenteia com crônicas cuidadosamente coloridas que se assemelham a delicados traços de lápis de cor, enfeitando o papel. Cada crônica é um desenho com contornos leves e delicados, trazendo reflexões sobre o cotidiano e nos desafiando a explorar nosso próprio conjunto de cores internas de colorir nossa vida com novos significados.

Gilmar Freitas
Doutoranda em Língua e Cultura, UFBA

Caixa de Lápis de Cor é uma paleta de textos q traz, numa só aquarela, cores quentes de reflexões profundas e a leveza da arte em tons pastéis. Tiago Farias, brilhantemente, nos convida a colorir a tela que chamamos vida.

Cláudia Mota
Professora da rede estadual de ensino da Bahia

SUMÁRIO

EU NÃO CONFIO EM NINGUÉM 17
PRA ONTEM 19
CAIXA DE LÁPIS DE COR 21
NOTA DE ENVELHECIMENTO 24
NOTA DE ENCORNECIMENTO 26
QUANTO VALE OU É POR TROCO? 28
A SORTE DE UM AMOR TRANQUILO 30
ACREDITO EM ANJO 32
NÃO ME DEGOLE. EU SOU APENAS UM PROFESSOR 34
LISTA DE COMPRAS 36
NÃO APERTE MINHA MENTE 38
NEGO TERRA 40
COMO ANDA SEU FILTRO? 42
A ROSA DA ROSA 44
QUANTO VALE UMA BARATA? 46
ALITERAÇÃO CONCEDIDA 47
UM MELQUÍADES NO SERTÃO 49
DÊ UMA OLHADINHA! 51
UM CARNAVAL EM CADA ESQUINA 53
HIERARQUIZAÇÃO DE DRAMA 54
A PAUTA QUE NOS PARIU 56
DEIXE PRA LÁ 58
A SURPRESA DO KINDER OVO 60
COXIA E ESPETÁCULO 62
SOU DO AXÉ, MAS NÃO SOU DO AXÉ 64

A COMÉDIA E O FUTEBOL 66

A CAIXA DE PAPELÃO E A SALVAÇÃO DO PLANETA 68

CLICKBAIT 70

HORINHAS DE DESCUIDO 72

DO BARRO DE QUE VOCÊ FOI GERADA 74

A UNIVERSAL BIG BROTHER 76

DEPOIS DE EXTERMINADA 78

VOU FAZER A LOUVAÇÃO 80

A FALSA ARMADURA 82

MEU SÃO JOÃO 84

SOLIDÃO A DOIS 86

NÃO EXISTE VIDA FORA DA METÁFORA 88

AQUELE ABRAÇO 90

VERÃO NOSTALGIA 92

DAS FALAS HIERARQUIZANTES OU DOS MITOS LIMITANTES 94

E-LABOR-AÇÃO 96

O METACANCELAMENTO NOSSO DE CADA DIA 98

UM CARA DIFÍCIL DE DOMESTICAR 100

A INCONSCIÊNCIA COMO PRESENTE 102

A IMAGEM DO CARNAVAL 104

O TEMPO DO CARNAVAL 106

BASTA A CADA DIA O SEU MAL 108

TÔ COM PREGUIÇA 110

NOTA DE ENVELHECIMENTO II 112

O MENINO QUE SONHAVA COM AS ESTRELAS 114

EU NÃO CONFIO EM NINGUÉM

"Eu não confio em ninguém". Ouve-se isso a toda hora. Parece mesmo cada vez mais difícil acreditar em alguém, ao menos é o que se pensa. Não são raros os momentos em que se nota constantemente a convicção da ausência de atribuir ao outro qualquer tipo de crédito. É mais fácil conseguir o crédito consignado do que o crédito interpessoal. É... O mundo parece cruel e não caberá a qualquer vivente que se preze a ideia tola de exercitar a confiança. Todos são muito sagazes, meticulosos, estratégicos. Se alguém se aproxima de você, é porque tem algum interesse, se você, em contrapartida, adota tal comportamento, é você o interesseiro. E haja soslaios, conchavos e conjecturas. Dê às costas já sabendo que o outro vai imaginar: "Pode pensar que você me engana! Oxe, quando você vinha com o milho, eu já ia com o fubá." É muita rapidez, gente! A operação milho-fubá é demorada, mas há quem o faça em centésimos de segundo. Não dá mais para estar atrás de ninguém. É preciso saber mais, entender mais. Todos se tornaram especialistas em comportamento humano: leem corpo, mãos, pés, gestos, voz, discurso e constatam sempre o mesmo produto: "Vou ficar na minha porque vão me tombar. Vão me passar a rasteira." Haja gente esperta! Será que não restará mais ninguém que realmente deposite confiança no outro? Você está confiando no que lê? Já ouviu falar de mim? Será que eu não estou pretendendo algo espinhoso contra você? Fique atento, não vacile! Função fática à parte, creio mesmo é que a vida se tornaria insuportável sem a confiança. Quero levantar aqui essa bandeira. Um brinde! E repito: não haveria vida sem ela. Que texto canalha! Acabei de dizer que ninguém mais crê em ninguém e agora me ponho a assegurar a insuportabilidade da vida sem a confiança? Alguém viu minha coerência textual? Socorro, Koch! Calma que eu explico: outro dia fui ao cabeleireiro. Custo a cortar meu cabelo, mas sempre que vou é um desafio. O bendito é fascinado pelo topo material. Sempre que vou lá, ouço perguntas do tipo: "Onde está morando? Não fez ainda um concurso público federal? Continua na educação? Você não vai sair dessa furada?" Além disso, os famosos imperativos: "Vá ganhar dinheiro, rapaz! Saia dessa vida!" Já viram que é um dilema minha ida ao salão; só volto lá porque ele é bom no que faz. É satisfação garantida! Sim, mas voltando à confiança, foi justamente esse cabeleireiro que me fez chegar a este texto. Enquanto estava embaixo de suas tesouras afiadas, imaginei uma cena em que ele perdia o controle da situação, via que eu não iria mudar de profissão e me tascava a tesoura no pescoço. Pensei ainda de ele estar revoltado naquele dia por qualquer motivo e resolvia entesourar o primeiro que lhe aparecesse. Refleti tanto e comecei a me situar em outros planos sociais. Pensei no motorista do ônibus, que pode nos jogar ribanceira abaixo. Pensei no piloto de avião, que num arroubo de loucura pode acabar com centenas de vidas. Vi dentistas com motores mais profundos. Vi cozinheiros com temperos mais sombrios e uns médicos com certos remedinhos. Vi muito mais, era um vidente naquele dia. Daí concluo a inexistência da vida sem confiança. A verdade é que todos dependemos dela para viver. Alardeamos o seu cancelamento, mas seria impossível estar em casa e sair dela sem acreditar nas pessoas; quer seja na esfera do dizível, quer seja na esfera do imaginário, a microfísica da confiança, diria. Você já imaginou não acreditar no eletricista? No pedreiro? No padeiro? Na sua secretária? Na sua empregada? Já pensou em não acreditar na internet naquele dia em que você saiu de casa só com o cartão de crédito. Caia na real! Caiamos na real! Somos tão espertos, virtuosíssimos detetives, mas não aguentaríamos um minuto sem a crença. E olhe que não entrarei aqui na teologia do ser, seria muito pano para manga e acabaria questionando o pano e a manga. Claro que com isso seria chamado de lunático, panático, mangático, mas ainda assim questionaria. Quero deixar aqui a minha exortação: humanos, confiai! Esquivemo-nos da desagradável autonomia hermética e nos lembremos da simplista sistemática do ser. Você jura que acredita em mim?

22 de outubro de 2010

PRA ONTEM

Há uma frase que circula muito por aí: "Urgente é tudo aquilo que você não fez em tempo hábil e quer que o outro faça em tempo recorde". Perdoado eu seja quanto à ignorância da autoria, mas essa frase tem um grande valor reflexivo. Só uma informação: já consultei o nosso Google, o oráculo inconteste do século XXI. A urgência sempre existirá, afinal somos seres em processo, buscando um pódio irregular na corrida ao túmulo; só que chamo a atenção para o excesso das urgências. Vivemos no mundo da pressa. Tudo é para ontem. A você não cabe o direito de analisar propostas, agregar êxitos, pontuar desvios. O entorno da exigência sequer permite um "eu não tenho condições". Bom, não sei se a Língua Portuguesa dispõe de outra palavra que se associe tão fortemente à ideia daquilo que não pode ser adiado. Uma pena, pois, quando se pensa em algumas situações da administração pública, bem que tal palavra representaria melhor o que pretendo discutir. É, leitor, nesse segmento social as notas de urgência ganham ainda mais urgência, sobretudo porque a elas se atrela o famoso manda quem pode, obedece quem tem juízo. Aí já viu! É pau na cabeça! Se pensarmos na administração educacional, creio eu, essa urgência é catapultada. O imediato ganha ares frenéticos. A iminência toma conta da tônica do momento e adeus reflexão. Fala-se tanto em projeto, planejamento, cronogramas, porém é mais um discurso adornando os inocentes. Pouquíssima aplicação. E quando há alguém que age de outra forma, seu intento acaba emperrando por travar em outros setores. Somos tão convidados a resolver as urgências da Educação e nunca conseguimos tirá-la do pronto-socorro. Considero aqui alguns avanços, as famosas exceções. Mas ela continua lá agonizando e a toda hora chegam os paramédicos da pedagogia ou da administração, buscando ofertar-lhe mais alguns instantes de vida. É um desfibrilador aqui, uma pomadinha acolá e o band-aid insistindo no disfarce da problemática. Quando converso com colegas, a situação é sempre a mesma. As atividades de quem organiza a Educação, o mais das vezes, são solicitadas em cima da hora. Então o corre-corre começa: pesquisinhas, slides, a mensagem de Paulo Freire e lá nós vamos apagar mais um incêndio. Qual é mesmo o número do corpo dos bombeiros? Gente, é claro que não será dessa maneira que faremos mudanças efetivas. Na Educação outra agonia precisa ser dita: o Brasil vive uma tal enxurrada de Programas de Formação que chego a ficar consternado com os gestores municipais. As propostas chegam à linha do pegar ou largar. Quase sempre eles pegam ou são forçados a. Mas onde está a singular preocupação com as adequações desses programas? Continuaremos a pensar o Brasil como nos tempos do Mobral? Amigos, alguém precisa chegar, bater na mesa e dizer que é preciso respirar. A Educação desse país deve ser pensada também por quem realmente a vivencia. Isto é tautológico: cada região possui suas realidades sociais, culturais e de infraestrutura. Os programas devem ser priorizados levando a cabo essas considerações. A quantidade não deve sobrepor a qualidade e isso é mais uma obviedade. Volto a considerar aqui a existência de programas sérios, reflexivos e preocupados com o cotidiano e realidade escolar. Mas é sufocante o leque de programas que se abre constantemente. O profissional da lista de presença é o mesmo da sala de aula, que faz graduação ou pós, que é pai, mãe... E então? Será que sobrará tempo para planejar a sua ação pedagógica? Ou ele entrará em sala com as tarefinhas urgentes para seus alunos? Você não quer que eu responda, não é mesmo? Vou terminando por aqui. Preciso sair voando para dar uma aula.

Salvador, 12 de junho de 2012

CAIXA DE LÁPIS DE COR

Drummond, em uma cândida crônica, intrigava-se: "Porque as crianças, de modo geral, são poetas e, com o tempo, deixam de sê-lo?" Não há dúvidas de que todos nascemos com os sentidos enfestados de arte e vamos perdendo essa qualidade com o passar dos anos. Quem há de discordar disso? Penso que até o mais nobre dos poetas está sujeito a tal pressão. Os entraves, os nãos, os sins, os talvezes vão mudando e moldando as pessoas indiscriminadamente. Não raro nos pegamos com um acúmulo de objetividade que orgulha qualquer engenheiro mais cartesiano e determinado. Aliás, leitor, determinação é palavra de ordem para os mais antenados. Se você pensa na área de mercado e negócios, ganha mais quem tem metas, objetivos, disciplina, pontualidade, assiduidade... Que espaço restaria para a beleza? Que minuto de dedicação ao prazer do devaneio? Ao galanteio do ócio? Não, isso não é uma ode à procrastinação, tampouco à preguiça, mas só um chamado para a reflexão da ausência de sonhos. O sonho atrelado à fantasia. Faz poucos dias um de meus amigos postou a seguinte frase: eu prefiro ter objetivos, porque sonhos não levam você a lugar nenhum. Fiquei cozinhando esse caroço por dias e ainda o faço hoje. Que maluquice é essa, gente? Peraê! Uma coisa é você ter objetivos aqui e ali e outra coisa é você trocar efetivamente sonhos por objetivos. Dar um nocaute na quimera é uma desorientação psicológica. Estamos cada vez mais consumidos pelas metas, pelas finalidades, presos ao engodo do foco. Acredito piamente que quando nascemos nos é concedida uma caixa de lápis de cor. Todavia, não é com qualquer tipo de cor. São lápis cujas tonalidades preenchem o nosso entorno de vivacidade. Mas com o passar do tempo, vamos perdendo esses lápis. Ficamos mais rudes, mais lógicos, mais equacionais. Descolorimos, portanto, a nossa vida. Há quem diga que a ciência tem certa influência sobre isso e até mesmo a escola, como diz o poeta já citado, desfavorece tal ambiência. No livro *Anjos e Demônios*, um de seus personagens, declara o seguinte: "A ciência pode ter aliviado o sofrimento das doenças e dos trabalhos enfadonhos e fatigantes, pode ter proporcionado uma série de aparelhos engenhosos para a nossa convivência e distração, mas deixou-nos em um mundo sem deslumbramento. Nossos crepúsculos foram reduzidos a comprimentos de ondas e frequência". Proporcionalmente, os avanços científicos acontecem e os mitos diminuem: isso é fato. Contudo, essa diminuição agora é mais vertiginosa. Do vinil para o CD, passaram-se décadas. Do CD para o MP 500, meses. É muita mudança desenfreada. E o que vai acontecendo com os nossos lápis de cor? Vão perdendo-se pelo caminho, largados nas prateleiras... Precisamos colorir de novo nossa tela. Apreender o que disse Toquinho em *Aquarela*. Quem não se lembra da alegre liberdade da infância? Da inconsequência da juventude? Da solta imaginação ante a qualquer evento? Se analisarmos essas fases, fica bem claro o quanto mudamos e quantos lápis deixamos cair da caixa durante nossa biologia. Não seria impossível resgatar alguns deles. Mesmo porque eles continuam sendo refeitos na ininterrupta fábrica do universo. Não quero trazer uma mensagem de autoajuda barata, mas uma cara reflexão de autoconhecimento. Os lápis persistem. Formatam-se nos desafios, no amanhecer, nos novos filhos e filhas, no renascimento. Por que não buscá-los? Por que não recolocá-los na caixinha que você recebeu quando do nascimento da sua estrela? É bem provável que algum fique desajustado ou até mesmo que esteja menor ou com a ponta por fazer, mas o importante é não perdê-los por completo. Tê-los sempre à mão é uma estratégia de agradecimento à vida. Quem entende, quem discute, quem é sábio já registra isto há muito tempo: a vida é agora enquanto você lê essas intenções. Então não vale tornar esse agora opaco. Há muita coisa boa e alegre dentro de cada um de nós e essa realidade está doida para saltar e extasiar o mundo, sem ressalvas. Não fiquemos salvaguardados do ridículo, do amor abobalhado, do tombo público. A vida é bem mais que os nãos e as sanções ingeridas institucionalmente. A regra de ouro é dar vazão à arte suplantada pelo tempo, ir fundo nas cores. Lembra o que dizem os nutricionistas em relação à alimentação? O prato quanto mais colorido, mais eficiente e saudável. A lógica é a mesma, meu caro. Só não vá encher as suas refeições de jujuba!

Salvador, 6 de setembro de 2012

NOTA DE ENVELHECIMENTO

Ontem entrei num ponto de apoio na cidade de Tanquinho e vi rapidamente Tatá Werneck como Fedora Abdala. Voltei ao tempo e lembrei da Cristina Pereira em *Sassaricando*, em que fazia o mesmo papel. Era maravilhosa a atuação. Passei no caixa e comprei a contragosto (falta de opção!) o jornal *Correio*, dos donos da Bahia, e senti naquela compra uma nota de envelhecimento. Jamais comprei um jornal nessas viagens. Na minha imaginação sempre tinha um idoso por trás daquelas folhas. Comecei a me dar conta de que os anos estão às pressas como quem fórmula 1. Assistir a dois ou três *remakes* e lembrar dos personagens da primeira versão é tomar um chá de consciência das linhas de expressão que não se aquietam. Na primeira versão era x, na primeira versão era y... Putz! Semana passada um amigo me convidou para ver a Festa Ploc. No aviso lá estava Márcia Freire (Que arerê, que arerê...) e lembrei dos carnavais, do Furacão Loiro, do primeiro disco que comprei com meu dinheiro É o ouro! (Cheiro de Amor). Quanto cheiro de saudade me veio, mas sempre atrelado a uma nota consciente do passar dos anos. Chego a Salvador e um outdoor convida/impõe: Harmonia das Antigas no Clube Espanhol. Não perca! Meu Deus! O que é Harmonia das antigas? Harmonia já tem antigas? Ferrou! "Uva", "Kikiki kakaka", "Vem Neném", "Agachadinho", "Meus sentimentos"... Sei todas essas músicas de trás pra frente e elas já são antigas? Phodeu! A biologia é uma ciência carrasca: não perdoa ninguém! E o que fazer diante disso? Buscar intertextos com quem sabe mais, com quem dá drible e ensina o que é viver. Sintam o que o poeta desgourmetizado Mário Quintana nos sinaliza: "A vida é o dever que nós trouxemos para fazer em casa. Quando se vê, já são seis horas! Quando se vê, já é sexta-feira! Quando se vê, já é Natal... Quando se vê, já terminou o ano... Quando se vê perdemos o amor da nossa vida. Quando se vê passaram 50 anos! Agora é tarde demais para ser reprovado... Se me fosse dado um dia, outra oportunidade, eu nem olhava o relógio. Seguiria sempre em frente e iria jogando pelo caminho a casca dourada e inútil das horas... Seguraria o amor que está à minha frente e diria que eu o amo... E tem mais: não deixe de fazer algo de que gosta devido à falta de tempo. Não deixe de ter pessoas ao seu lado por puro medo de ser feliz. A única falta que terá será a desse tempo que, infelizmente, nunca mais voltará." É isso, amigos! E não me peçam para explicar o Quintana. Façamos! Vamos amar!

15 de julho de 2016

NOTA DE ENCORNECIMENTO

Peguei um táxi na Ademar de Barros há quinze dias. O motorista, que aparentava ter uns cinquenta anos, logo me perguntou se eu era professor. Tem gente que tem cara. Afirmei. Estava um tanto cansado. Acabava de participar de um seminário e a noite tinha sido de re-leituras. Pois bem. Chegando à frente do Hotel Othon (que está agonizando), ele me surpreendeu com a seguinte pergunta: – Professor, você conhece algum professor chamado Elton, de Administração? Acordei do meu cansaço, sorri e respondi negativamente. Mas impossível seria não perguntar o porquê. – Rapaz (intimidade), sou casado há um tempo, tenho uma ótima relação com minha mulher, mas domingo trabalhei à noite e quando cheguei no quarto ela estava, como sempre, estudando. Está fazendo um mestrado em Administração e isso tem tomado muito o tempo dela. Acho até que ela está me abandonando. Interrompi, dizendo que mestrado é isso mesmo. É preciso ter uma certa compreensão, caso contrário a união vai para o brejo. — Sim. Deixe eu terminar —disse em tom de camaradagem e preocupação. Mais tarde ela veio dormir. Acordei para beber água e ela gritava o nome de um tal Elton. Fiquei tenso e me deu vontade de acordar e logo perguntar. Não tive coragem. Hoje é quarta-feira e até agora estou com receio da resposta. Pessoal, juro que lembrei de Alcione ao reverso (*Ou ela ou eu*). – Cara (íntimo também), eu sou da área de Letras e honestamente tem professor *pakarai* na Universidade. Então fica difícil lhe dizer algo. Ainda assim é prematuro pensar em traição. – E se eu lhe disser que não é a primeira vez? Ri de novo. – Hiii. É complicado! Mas não bata o martelo não. Nisso corri ao smartphone. Fui ao oráculo inconteste do século XXI e coloquei "grandes teóricos da administração". Dentre tantos que surgiram, apareceu um Elton Mayo, sociólogo australiano e fundador de um método na área de Sociologia das Indústrias. Ri de novo.

E disse para ele o que tinha achado na minha breve pesquisa. – Será? Será que é esse cara? – Em tempos de pós-graduação nos voltamos para muitas leituras; e se ela estiver estudando o dito cujo, nada mais natural que fique com o nome dele girando no in-consciente. Ele riu um pouco aliviado. Achei aquela narrativa tão interessante e fiquei pensando também nas pressões por que passam as mulheres casadas que se inclinam a se especializar. Muito conturbado. Principalmente quando o companheiro não é da área. Mas isso é assunto para um outro momento. Deixe eu falar do final da história. Assim que o táxi parou, deixei meu telefone com ele para que me desse um retorno. Adoraria saber o final daquela narrativa. Curiosidade com desejo de um final feliz para o casal. Mas até agora nada. O que pensar?

Salvador, 20 de outubro de 2016

QUANTO VALE OU É POR TROCO?

No sábado do último final de semana cheguei por volta do meio-dia à praia de Ipitanga. Dei aquele susto no fígado com uma água de coco e fui ficando por ali. Notei que o ambulante tinha seriguela e umbu, mas como não gostei da vodca de que ele dispunha, corri, peguei a minha e comecei a experimentar deliciosas caipiroskas. O sábado foi passando e a fome chegando. Nada de novo. Nisso passa um rapaz negro oferecendo acarajé. Perguntei ao ambulante se ele conhecia a origem da iguaria e tive como resposta um recomendado sim. O rapaz do acarajé me perguntou se eu queria troco. Disse-lhe prontamente que precisaria, pois só tinha R$ 50,00. – Como é R$ 13,00 o pratinho, eu lhe trago R$ 37,00. Assim ficou acertado. Tomei mais uma umbuguela e ali fui ampliando o papo com quem chegava. Demorou pouco e o acarajé chega. O rapaz, meio se desculpando, fala: – patrão, me desculpe, de verdade... é que eu esqueci o troco. Não a-cre-di-to. O senhor confia em eu levar os R$ 50,00 e trazer os R$ 37,00? – Primeiro vou te dizer uma coisa: não sou seu patrão! Segundo: pode levar os R$ 50,00. Não há nenhum problema. Ele olhou atentamente para mim por alguns segundos e meio sem acreditar repetiu: – o senhor não se importa mesmo que eu leve os R$ 50,00? Agora foi minha vez de olhar bem no fundo do olho dele. – Rapaz, você pode levar os R$ 50,00. Não há razão para eu desconfiar de você. Não há razão para pensar que você não me trará esse troco. Ele, ainda inseguro, pegou os R$ 50,00 e foi em direção a não sei onde buscar os benditos R$ 37,00. Mal saiu, fiquei imaginando como a opressão é limitadora. Cheguei às lágrimas, confesso. Como o racismo, muitas vezes escamoteado, provoca marcas profundas no comportamento das pessoas. A incredulidade daquele rapaz diante da demanda com parcos R$ 50,00 só denota o quão é doentia a algema da discriminação. Teremos um dia equidade? Olharemos um dia para a alma das pessoas? Sigo assim. Sem ser o suprassumo das questões raciais, mas consciente do meu dever enquanto ser humano. Ah! O troco? Voltou lindamente para o dono.

Salvador, 17 de janeiro de 2017

A SORTE DE UM AMOR TRANQUILO

Não basta querer uma companhia. Tem que ser a companhia! Gostosa, bonita, pronta, perfeita... Sério mesmo?! Vamos lá! Ontem estava passando pano no meu quarto quando vejo da janela dois velhinhos. Velhinhos mesmo. Os cabelos branquinhos feito lãs de algodão alumiavam no sol do verão baiano. Ele, de bengala, caminhava a passos lentos enquanto apoiava sua mão esquerda no ombro de sua senhora à frente. Cena linda! Meus pés esfriavam no chão molhado e minha alma se aquecia de vida. Aquela senhora dedicava ao companheiro toda a cumplicidade e paciência do mundo. Parava. Descansava. Olhava para ele. Ajeitava sua lãzinha colada na testa e seguia. A seu tempo. A seu desapressado tempo. Mesmo à distância conseguia entender que ele também a estimava muito. Via na situação tons de felicidade. Aquilo durou alguns minutos. Estiquei meu pescoço pela janela até eles se encobrirem na esquina da rua. Para muitos de nós a relação perfeita só se efetiva pela beleza e excelente desempenho sexual. Seguindo esses moldes, descartamos muitas possibilidades. Beleza e desempenho sexual são de fato critérios instigantes. Não vou levantar a bandeira do resolvido. Mas vou defender que não devem ser sempre eliminatórios. Óbvio que uma ninfomaníaca terá problemas com um brocha, assim como um tarado com uma frígida. Também não estou dizendo que os bonitos e gostosos não são boas companhias. Mas aqui pretendo evidenciar que, no final dos anos, quando a força e a festa diminuem, o que vai valer mesmo é a parceria. O sentimento de entrega que um foi capaz de desenvolver no outro. Sem atitudes formulaicas ou projetos de bom casal. Nenhuma simbiose humana surge se não houver a transparência da verdade. Os anéis da simplicidade. A sinfonia do cuidado. Assim, não seria mais vital olharmos um pouco mais para aqueles que passam em nossas vidas? Olvidar as grandes exigências ou o espelho de casaizinhos novelescos? Ampliar e/ou reduzir os moldes?

Creio que isso poderia diminuir a solidão das pessoas dessas capitais. Dê uma oportunidade. Permita o desigual. Vai que a alma lampeja. Vai que o cupido troveja. Vai que você... Vai que... Vai!

Salvador, 24 de janeiro de 2017

ACREDITO EM ANJO

"Te colocar sobre as minhas asas. Te apresentar as estrelas do meu céu." Saulo Fernandes, na música *Anjo*, nos chama a atenção para a possibilidade de sermos anjos. Anjos, ao que consta, são seres que vivem na intersecção entre Deus e nós. Interessante dizer que, ao contrário do que propõe o músico, sempre evocamos aos céus, aos espíritos bons quando queremos proteção, colo, cura... Não sei. Estou mais inclinado a crer que esses anjos se personificam na nossa existência e que estão aqui e ali nos fazendo afagos na vida e na alma, mas passam (talvez) despercebidos. Existe uma forte tendência à não materialização desses seres. Isso se deve ao fato de associarmos a equação de grandes problemas a forças para além do plano físico. Amplamente aceitável. Mas volto a dizer: existem anjos por aqui sim! Capazes. Vivos. Carnais. No ano passado, a jornalista Fernanda Gentil escreveu um texto que viralizou nas redes sociais. Na ocasião, Pedro Ivo, seu amigo, havia saído de cena deste plano. Trago à tona um fragmento: "O Pedro foi uma pancada da vida, e virou uma lição também - pra gente aprender, de uma vez por todas, que quem a gente vê todo dia, não vai estar aqui todos os dias. Vamos valorizar. Pedro estava ontem, e hoje não estava mais. Um dos corações mais puros daquela redação foi embora sem nem avisar, mas eles normalmente não avisam mesmo; a gente é que tem que estar sempre avisando a eles, e só assim estaremos plenos e de consciência tranquila no dia em que eles forem embora sem dar tchau." É possível compreender o quanto esse amigo era importante para a Fernanda. A designação "coração puro", nesse ringue que estamos acessando em tempos virtuais, é visceralmente rara. Pedro, de fato, deveria ser um daqueles caras que valem a pena encontrar na vida. O discurso da jornalista é lindo e triste. Parece que não houve tempo para a lisonja do amigo, a validação de que todos, diuturnamente, precisamos. Está na hora de você fechar os olhos. Respirar fundo. Usar o coração como localizador e identificar seus anjos. Os anjos daqui. Aqueles que fazem a diferença, que lhe permitem o sorriso, a verdade, o amor. Aqueles que lhe abraçam com alma, sem algemas, sem temor. Aqueles que seguram, que ajudam e que são honestos a respeito de nossos enganos. Identifique-os e comece a valorizar cada um deles. Você tem mais de um. Com certeza! Eles precisam da sua energia. Precisam saber o que eles representam para você. Não esperemos o adeus, a última partida. É aqui que a vida se faz, sem ensaios, sem textos prontos. No ir e vir de borrachas, apagões, iluminações. Faça esse exercício. Você vai descobrir o quanto é lindo reconhecê-los. Reconhecer anjos é acima de tudo mergulhar no lago da gratidão. Compreender que, por mais agulhas e clausuras que possua nossa jornada, há alguéns que nos dispuseram a coroa do alento, do sorriso, do "vamos por aqui"... Antes que eu termine, deixo mais uma informação: faça como o músico baiano! Não busque somente seus anjos. Conceba-se e se reconheça anjo também. Assim será lindo. Você guiando, você sorrindo. Assim será lindo. Você amando, você sentido. Assim será...

Salvador, 29 de maio de 2017

NÃO ME DEGOLE.
EU SOU APENAS UM PROFESSOR.

Era uma vez um país onde a classe média (alta?) cada vez mais se desinteressava pelas licenciaturas. As ditas A e B enchiam os cursinhos pré-vestibular para Medicina. Direito. Engenharias. – Eu ser Pedagogo? Eu ser Professor? Nem pensar! Salas cheias, baixos salários, desvalorização social. Não tenho vocação. Não vou servir para educar pessoas mal-educadas. E assim aquele país ia se configurando. Os estudantes de classes C e D começaram a ocupar os cursos de licenciatura. Vocação? Falta de oportunidade? Um ou outro? Os dois? Por aí! Fato é que o perfil de estudantes era oriundo, em sua maioria, de regiões periféricas, de segmentos sociais à margem. Com a abertura de novas universidades, o número de licenciados crescia e ia preenchendo as demandas sociais. Novas especializações na área de Educação surgiam e não surpreendentemente esses professores iam ocupando o cenário educacional de todas as regiões. Não havia naquela imensa geografia um só rincão onde não tivesse lá a marca dos ditos "renda baixa". Do outro lado, o funil para fazer cursos de Medicina e Direito, sobretudo, ia apertando. Apertou de tal modo que o país se viu obrigado a expandir esses cursos também para as instituições privadas, já que até então o domínio era da educação pública. Houve incentivo para que pobres também ingressassem nessas áreas. Mas e o perfil? O perfil pouco mudou. Dois ou três C e D frequentavam salas dos cursos das elites. Em geral: ricos de um lado; pobres do outro. Tudo tranquilo não fosse a proposta ardilosa que as elites arquitetavam. Entendam: as matrículas na educação básica cresciam vertiginosamente. O país vivia um momento de acesso à educação bastante diferente. Mas quem dava aula a esses alunos que chegavam? Os novos licenciados! Esses professores não projetariam em suas aulas somente o viés do patronato. Ora! Eles viam de um outro recorte; da perspectiva do oprimido.

Como engrossar o caldo do opressor? Os centros de formação levavam aos graduandos o cenário plural da história: capital x social. Não era possível que, ao ter a oportunidade de apresentar outras fontes de entendimento de mundo, continuassem a replicar unicamente o dos que detinham o poder. Assim, os filhos dessas elites chegavam a suas casas com novas histórias, com pontos de vista estranhos: – Esse país não foi descoberto! Por que dizimaram tantos indígenas? Por que a empregada doméstica não tem férias? Maria tem carteira assinada? O que aconteceu no dia seguinte ao 13 de maio? O professor disse que chicrete, broco e pranta é língua portuguesa tal qual chiclete, bloco e planta. Por que as mulheres não votavam? O que foi o apartheid? Quem é Milton Santos? E Paulo Freire? O senhor já leu a *Pedagogia do Oprimido*? Simone de Beauvoir? Suassuna? O senhor é misógino. Quem é Maria Filipa? E Maria da Penha, quem é? O que é feminicídio, homofobia, racismo, identidade de gênero? Por que capoeira é folclore e judô é arte marcial esportiva? Essas perguntas ecoavam, dobravam, triplicavam... O som era alto e chegou ao poder. E o poder, às pressas, inventou a Escola Sem Partido com a alegação que professor não pode ser ideológico, não pode tornar seus alunos rebeldes, comunistas... O assunto esquentou e não se falava noutra coisa. Até que um dia, o mais sábio conselheiro daquele país, sussurrou no ouvido do rei: – Majestade, por que a elite não vai dar aula? Foi degolado!

Salvador, 1.º de junho de 2017

LISTA DE COMPRAS

Na última semana de abril estava de férias e resolvi ficar uma semana em Imbassaí. Incrivelmente, não conhecia a região. Mas a surpresa foi agradabilíssima. Aquele lugar ainda dispõe de uma atmosfera bucólica com a qual me identifiquei bastante. Todos os dias costumava correr na infinita areia da praia. O cheiro de Iemanjá e Oxum misturavam-se aos fortes ventos do litoral. Pouca gente. Pouco barulho. Pouca interrupção. Muita vida natural. Da rede de meu quarto ganhei horas saboreando o pestanejar dos coqueiros junto ao embranquecer das garças no córrego. Na última corrida que fiz não cheguei aos 3 km e comecei a ver uma quantidade muito grande de lixo. Aqui e ali diversos rastros humanos desenhavam tristemente os beijos macios que o mar oferecia à praia. Parei a corrida e dei início a uma caminhada com o intuito de diminuir uma súbita sensação de culpa. Não fiz muito, afinal não tinha sacolas e apenas lançava para a parte mais distante os resquícios dos símios pensantes. Caminhei uns 7 km e a cada dez metros lá estavam as nossas piruetas infelizes: leite. Néctar de uva. Pepsi. Guaraná. Coca-Cola. Guaramix. Lâmpada. Ampolas de vitamina. Margarina. Manteiga. Vodcas: Slova e Smirnoff. Sidra. Remédios. Jontex. Montillo. Café Pelé. Nescau. Sapato. Sapatilha. Sandália. Cordas. Redes de pescar e dormir. Isso mesmo? Isso mesmo. O tempo passa. Afastamo-nos dos primeiros grunhidos, mas existe um ranço irracional na nossa tez que enoja. Creio também que transformamos em lixo a nossa enciclopédia, tal qual o fazemos com a lâmpada. Não raro vemos atitudes de lenhar. De questionar nossa civilidade e até a sanidade. Pelas marcas que aparecem na lista de compras dá para notar que são registros novos. Cidadãos que circulam nas veias da região neste tempo. Pessoas que já foram interpeladas pelo discurso da ecologia, da preservação, do natural. Pessoal, já ocupamos demasiado espaço. E pensem: não precisa o máximo de ecologia. Atuar, ainda que secundariamente, nesta cena já é papel relevante. Deixemos a lista de compras para o mercado. Deixemos as redes para o sono. O sapato para a reunião. A sandália para a caminhada. As vodcas para a festa. A Jontex para o sexo... O mar não precisa dos seus dejetos. Prefira outorga-lhe a admiração. Serena! Tranquila! Límpida! A humanidade pode deixar vários rastros: qual você prefere?

Salvador, 22 de junho de 2017

NÃO APERTE MINHA MENTE

Há um mês estava numa aula na Universidade Federal da Bahia e discutíamos a disciplina que deve seguir um estudante de pós-graduação. Por um lado, a professora socializava o fato de as pessoas nem sempre compreenderem o quão rigoroso é o processo. – As pessoas imaginam ser fluida a tarefa de pesquisar e escrever, já que, teoricamente, fazemos isso a vida toda. Uma doutoranda começa a chorar incontrolavelmente. Dizia sentir um aperto no peito quando pensava nas demandas e compromissos. Segundo ela, há cinco meses não sabia o que era final de semana. Lazer, bazar, prazer. Senti vontade de fechar o notebook e sair voando para o Porto da Barra. Era uma quinta-feira de sol. Não o fiz. Continuei. Falei a vocês que faz trinta dias o papo, mas registro que isso está longe de eu esquecer. Não é questionar o valer a pena o propósito do título. Mas esmiuçar a velocidade para alcançá-lo. É mesmo preciso estar a 200/h o tempo todo? Ontem peguei um Uber à altura do portão principal da mesma universidade. O motorista, entre outras conversas, disse-me que havia abandonado o cargo de gerente de uma grande cervejaria havia dois anos. – Minha pestana do olho esquerdo vivia tremendo de tanto stress das insistentes responsabilidades. Fiz um link e projetei: – Comércio é matar um leão que ressuscita todos os dias. Desafiador! – Meu celular vivia disponível para meus chefes, inclusive nos finais de semana. Aquilo apertava minha mente de um jeito que cheguei para minha esposa e desabafei: – Vou ficar um ano sem trabalhar! Surfe, praia, amigos, cerveja... (Não falou dela!). Sua companheira assentiu. Assim o fez. Percebi pelos sorrisos que foi a melhor atitude de sua vida. Ele passara o 2016 inteiro sem as cobranças do trabalho; sem a nevralgia do pódio. Hoje ganha menos, mas se percebe mais feliz. Faz seus horários, paga suas contas e não tem a clausura do relógio lhe consumindo o prazer dos dias. Desconfio que o jornalista Evaristo Costa tenha pedido demissão da Globo pela mesma razão. Desconfio. Dois casos; uma violência: a da opressão. O motorista encontrou um caminho. No episódio da aula, todos nos unimos num formoso abraço e enquanto os braços se alongavam notamos que as angústias eram comuns a todos. Ela segue no curso. Firme! Forte?!

Salvador, 11 de agosto de 2017

NEGO TERRA

O que tem acontecido com nossos rios? Por que eles não sangram mais? A terra vem tudo cobrindo e a água custa a descer. O degredo. A poluição. A falta de políticas e consciência. São nós que afogam o oxigênio de nossas águas. Geografia e História modificadas de maneira equívoca. Motivo desse introito: toda semana sobrevoo o São Francisco na chegada a Juazeiro-BA e Petrolina-PE. É! Não se chega a uma cidade sem chegar à outra. E vejo como o rio agoniza lá embaixo. Enquanto o verde das fazendas é o da viçosidade. O do rio é o da agonia. O verde musgo que entristece as ondinhas de Oxum. Dá uma dorzinha no peito! É sério, gente! Nem parece aquele rio que um dia assombrou navegantes, banhistas e cujas águas tragaram para si o vapor *Santa Clara* lá pelos idos de 1932. Visitei o *Nego d'Água*, escultura de doze metros do artista juazeirense Ledo Ivo. Impressionam. A arte e o contexto em que a obra se encontra. Não há mais água. Não há mais frescor. O *Nego d'Água* está sozinho. É uma ilha cercada de areia por todos os lados. Nego Terra! Saí dali por entre monturos e bodegas a imaginar o futuro. Vejo uma balsa fazendo o gostoso vai e vem entre Juazeiro-Petrolina. Até quando? Estaremos todos atrelados a viver os rios somente na memória, nos livros, nos álbuns de família? Fui a Roberto Carlos e me lembrei das baleias. Conseguiram salvá-las?! Num circuito vou ao Jorrinho; terra onde nasci e lá vivi até os 18 anos. O rio Itapicuru era mais do que um rio. Era um espaço de lazer, convivência, esporte, sustento... Quantos banhos naquelas águas. Quanta ameba tive que tratar por não resistir às delícias do banho frio em terra quente. Quantos gritos de dona Belinha ecoaram: – Puxe pra casa, menino! Choro – segunda crônica em que me lacrimeja a alma. Assim sou! Sigo. O rio tinha as suas secas, mas jamais se compara ao que lá vejo. As águas barrentas que molhavam nossa infância, hoje são pequenos tanques aquecidos e ilhados. Não passamos a nado. É de trator. De bicicleta. As algarobas que margeavam aquelas águas hoje preenchem os seus leitos. Um contrassenso. Não há mais banho no Poço. Na pedra do Jacaré. Na pedra do Tarzan. Não há pitu, acari, traíra, mandi, xira... Tudo é silêncio e limo. Receio que não voltaremos a ver períodos de um rio propício a banho. Vêm as enchentes estivais, mas são relâmpagos. Artistas e jornalistas se manifestam nas redes a todo tempo. Não é só em Juazeiro. Não é só no Jorrinho. O rastro da finitude parece ser largo e vário, enquanto o da esperança estreito e árduo. Tenho dificuldade de terminar esta crônica-memória. Não sei que expressão usar para encerrar. Queria falar mais, entretanto os dias me pedem para ser breve. Sendo assim; serei. Tal quais as águas dos rios...

Juazeiro, 22 de agosto de 2017

COMO ANDA SEU FILTRO?

Morrem 19 pessoas na Baía de Todos-os-Santos. Minha colega de trabalho passa no doutorado. Vinte e uma pessoas morrem em naufrágio no Pará. Bethânia abre a Flipelô. Animais são encontrados em cativeiro. Minha sobrinha é mãe. Professora é espancada por aluno. Termino meu artigo da pós. Temer vende o Brasil. Uma amiga registra as peraltices dos filhos. Umbandistas são agredidos no Rio. Os Tribalistas lançam um novo álbum. Meu professor lança dois livros. Moro inocenta Cláudia Cruz. Minha amiga está grávida. Padre Fábio de Melo tem síndrome do pânico. É aniversário de meu sobrinho. O racismo cresce no Brasil. Elza Soares aparece na campanha da Natura. Meu vizinho tem a mãe na UTI. Bodas de casamento do meu irmão. Juiz inocenta estuprador em São Paulo! 799. Esse é o número de amigos que tenho no Facebook. Alguns muito chegados; outros nem tanto. Alguns conheço muito; outros nunca senti o peito. Mas todos (incluo-me) despejamos indignações e vivências ininterruptamente nas redes. É muita informação que vem recheada de uma diversidade de sentimentos que nos fragiliza. É complicado lidar com situações tão díspares o tempo todo. Como está feliz e triste ao mesmo tempo? Indignado e conformado? Otimista e pessimista? Crente e desolado? Amigos, sofremos muito com esse turbilhão antagônico. Tem dias que visitamos todos os sentimentos em segundos. Os humanos jamais viveram isso. A ocorrência *full time* de atividades mexe com o nosso equilíbrio emocional e já é um desafio do qual não podemos fugir. Nossa saúde não é de ferro; tampouco temos nervos de aço! O número de pessoas ansiosas, deprimidas, confusas tem aumentado e não há relação com idade. É paradoxal céu e inferno no mesmo instante. Posso apostar que muito dessas demandas emocionais se originam aí. Nesse caso, não seria interessante dimensionar o grau de envolvimento dado às notícias? Lidar com a emoção que nos chega de maneira gerencial?

Oxigenar nosso dia para que não sejamos arrastados para o status da imprecisão? Peneirar aquilo que dispara sentimentos irregulares? Não são ações tão acessíveis. Nem este texto quer ser prescritivo. Mas reafirmo uma realidade: somos lançados na arena da pluralidade de emoções de maneira nunca dantes experimentada. E pensamento e emoção estão interligados, como quer a Psicologia. O Caio Fernando Abreu nos lembra bem: "Eu comecei minha faxina. Tudo o que não serve mais (sentimentos, momentos, pessoas) eu coloquei dentro de uma caixa. E joguei fora. (Sem apego. Sem melancolia. Sem saudade). A ordem é desocupar lugares. Filtrar emoções." Na medida do tangível, é urgente que façamos esse exercício. Sozinhos ou com especialistas. Há situações que nos deixarão tristes; outras, alegres. O que não vai valer é a culpa de estar se sentindo bem e para isso é capital filtrar, esvaziar... Ou isso ou semialegres, semiotimistas, semilivres. Semipresos?

Salvador, 2 de setembro de 2017

A ROSA DA ROSA

Quando a musa é genial, o discurso é atemporal. [Quis excluir essa rima, mas vou deixar!] *A rosa de Hiroshima*, poema amplamente conhecido, quer seja pelo ás Vinícius, quer seja pelo coringa Ney, é dos mais fecundos de nossa literatura, pois, além de nos ajudar a apreciar a estética, também nos faz refletir sobre a nossa história. Há ali, entre um verso e outro, um apelo caprichado e que nunca esteve tão atual: "Mas oh! Não se esqueçam da rosa da rosa." Costumo sempre chamar meus alunos para refletir sobre a rosa da rosa. É intrigante a reação! Inicialmente acham o verso absurdo e depois vão descortinando os efeitos de sentido até alcançarem uma filiação possível. Tenho alunos que me chamam, inclusive, de a rosa da rosa. Pense! Abro um silogismo: se a rosa de Hiroshima é a bomba atômica, o que seria a rosa da rosa? A bomba da bomba, ora! Mas o que significa dizer isso? Significa que, embora o genocídio instantâneo tenha acontecido em 1945, não estamos livres de que volte a acontecer. O texto todo segue uma linearidade de provações ao interlocutor; porém, a interjeição "Oh", antecedida pela conjunção "Mas", reorienta e amplia a argumentação. Centra toda a atenção na entidade que diz. É o ápice da função fática a nos advertir sobre a sombra que ainda nos persegue. [Que tal uma nova lida no poema? Hein?!] A bomba da bomba nunca esteve tão seguramente manifestada. O nível de intolerância ao discurso do outro está beirando tempos bélicos. A sofreguidão com que reagimos ao oposto tem trazido ao cenário nacional o arsenal perfeito para a eclosão da rosa da rosa. Machistas, fóbicos de todos os tons, eu, você, crentes, ateus, agnósticos... estamos todos enclausurados nas nossas certezas, intolerantes sem nos sentirmos como tais, descuidados entre ser caça e caçador. O que dizer de Trump e King Jong-un, sociopatas brincando de Deus!? I n t e r v e n ç ã o militar!! Tenho a sensação de que íamos num caminho mais coletivo, o tão sonhado bem-comum, mas, num descuido, vimos tudo ameaçado; da Amazônia à censura da arte, são inúmeros os eventos que nos fazem voltar ao poema e verificar o quão é importante não vacilar, estar atento e forte. Lembram? O Darcy Ribeiro, numa alucinação ou profecia, um dia nos falou que o Brasil poderia ser a civilização dos trópicos, tamanha a diversidade de culturas pela qual somos atravessados. Entretanto, penso que, enquanto nos firmamos dentro de nossas redomas culturais e ideológicas, eliminando toda e qualquer alteridade, estaremos cada vez mais distantes da profecia. Mágico seria que numa contraposição à rosa da rosa, como quer o verso, pudéssemos fazer valer o seu sentido mais umbilical. Aquele em que beleza, delicadeza e vida estão atrelados, tornando rarefeitos os ventos do ódio, da intolerância e da morte.

Recife, 16 de setembro de 2017

QUANTO VALE UMA BARATA?

Encontrei uma barata na cozinha. Não, não era Kafka. Nem Sam Gregor. Era uma barata grande e asquerosa que saía do ralo da pia. Nunca vi igual. Tenho dificuldades de matar. Qualquer coisa! Até muriçoca. Pensei em pegar um inseticida e tascar nela. Uma morte indireta me faria sentir menos culpado. Resolvi deixá-la viva. Tive a brilhante ideia de pegar um porta-detergente e aproximar do inseto. Ela se joga no objeto, chego à janela e ela voa para onde quiser. Isso fiz. Fico minutos sacolejando a mão esperando o voo libertador. Mas ela insiste em ficar ali. Grudada! Num movimento mais frenético, o porta-detergente abre e cai do terceiro andar com barata e tudo. Olho para baixo e o vejo lá. Espatifado! Maldita barata! O bendito utensílio me tinha custado R$ 60,00. Bom, ao menos ninguém se machucou. Mais tarde dou outra olhada pela janela. E vejo, aterrorizado, que a queda atingiu e quebrou uma vidraça do primeiro andar. Não consigo acreditar. Mas lá estavam o buraco e o detergente de maçã expresso na parede. Pata que pariu! Isso não pode estar acontecendo... Que raiva! Passei o dia oscilando entre interfonar ou não para a portaria. Se eu não aviso, ninguém vai saber que partiu daqui o evento matinal e me livro desse preju [Jeitinho brasileiro!]. Não! Não vou fazer isso! Não estaria sendo justo. E meus discursos? E minha criação? E meus valores? Essas heranças, viu!? Mas não interfonei. Calma! Esperem! Peguei o elevador, desci e disse tudo. Subi e fiz as contas: R$ 60,00 mais R$ 150,00 da vidraça R$ 210,00. Caio na gargalhada. Não adiantaria chorar. Como pode uma barata valer tanto? Por que eu não matei a desgraçada? Ainda não sei se escrevo rindo ou se rio escrevendo. Fato é que da próxima vez não pensarei duas vezes: Baygon na bandida!

Salvador, 3 de outubro de 2017

ALITERAÇÃO CONCEDIDA

À minha sobrinha Ismênia

A sábia sabiá sabia. É aqui que vou construir minha casa...! Há oito dias vi uns gravetinhos na janela do meu banheiro. Pela simetria e cuidado, notei que era um ninho. Comecei a me perguntar como seria o convívio com a passarinhada nos próximos meses. Projetei ainda que, pela altura, aqueles filhotes poderiam morrer no alçar do primeiro voo. Fiquei inquieto. Fazia pouco tempo assistira a um caprichoso documentário da BBC. Durou quatro anos para ser feito. Versava sobre os gansos-de-faces-brancas, que, aos três dias de nascidos, se jogam de paredões íngremes com mais de 120 m nas ilhas do Atlântico Norte – um salto para a "vida" dos mais astutos da natureza. É bom dizer a vocês: nem todos sobrevivem. As imagens são lindas e fortes. Se o leitor ficou com vontade de dar uma espiadinha e conhecer mais, veja: https://www.youtube.com/watch?time_continue=2&v=0_JoetV3ZTQ.

Hipérbole teatral à parte, não queria viver essa possível situação. Sendo assim, sôfrego, peguei uma vassourinha e limpei toda a cena – uso muito a sofreguidão para não me envolver emocionalmente com o que me faz esmaecer. Não recomendo! Livrei-me do pássaro e de aborrecimentos e sigo a vida. Quero dizer que me pincelava um leve remorso. Volta e meia ficava me castigando: – Impedi um ciclo! Sou um tolo... Passo o dia fora. Como cheguei à noite, não pude notar nada diferente na janela. No dia seguinte, eis que vou beber água e, ao olhar para fora, vejo o ninho todo completo. Vou repetir: com ple to! Que porra é essa? Como aquela ave conseguiu, em um dia, começar do alicerce à finalização? Que demanda cansativa deve ter sido! Sentei. Apegado aos sinais, decidi o mais provável: não iria mais impedir a corajosa companhia. A formiga sabe a folha que corta e certamente ela sabia por que estava insistindo nessa parceria. Hoje ela segue aqui: há dois ovinhos no ninho, cantarola cedinho, espanta-se quando me vê à janela, foge quando estou no banho, mas nada de abandono. Converso com ela. Tiro foto e acho até que ela faz pose. Seu nome é Larissa (da acrópole, adorável). Ela não sabe! Ou a sabiá simula não saber? Sussurros da Natureza.

27 de outubro de 2017

UM MELQUÍADES NO SERTÃO

Morava no Caminho XV, conjunto Feira V na Princesa do Sertão. Era uma manhã chuvosa. Espero ansioso a chuva passar para que eu pudesse ir ao ponto de ônibus. Nunca suportei guarda-chuvas. Estudava na Universidade Estadual de Feira de Santana no ano de 2003. Se não me trai a memória, teria aula com a saudosa professora Terezinha Burmeister. Diminui. Corro para o ponto no Anel do Contorno. Em minutos, São Pedro precipita mais água. Cada gota, uma pancada. Volto às pressas convencido de que precisaria do utensílio ou perderia uma de minhas preferidas aulas. Casa. Aguardo ainda um pouco, esperando que o Santo se sensibilize. Nada! Enquanto a chuva caía sobre o pequeno Jardim, pesando as folhas da palmeira, vejo um senhor grudado às grades do portão, que dava acesso à garagem. Era a entrada principal. Ele segurava com as duas mãos aqueles vergalhões vermelhos. Fiquei assustado. Tinha estatura mediana, olhos verdes, olhar fixo e uma barba hirsuta e branca. Olhava de modo a me penetrar a alma. Mas eu o encarava. E o via triste e laminar. Esperava o momento em que ele fosse me pedir algo. A gente sempre espera! Carregava muitas tralhas em volta do corpo. Não lembro ao certo, mas parece que havia uma latinha de café em uma das mãos. Estava quente. A fumaça atravessava na direção oposta à da chuva. Mas ele nada pedia. Senti medo. Foi então que aquele senhor sugeriu que eu me aproximasse. E o fiz! Ele me estendeu alguns papéis um tanto molhados. – Leia! Há algo aí que lhe interessa! Sua voz era rouca, mas forte. Os papéis, na verdade, eram dois panfletos do Hiper Bompreço com ofertas somente num dos lados. Ao virar um deles vi que estava todo escrito numa língua estranha. O outro também. Lembro-me com exatidão de ter visto letras do alfabeto grego. Não conseguia entender nada. Fiz essa investida nos papéis em segundos. Quando levanto os olhos, ele não mais estava. Fiquei mais assustado! Com medo! Pensei que fosse alguma maldição. Nessa época estava numa leitura desenfreada de *Cem Anos de Solidão*. Instantaneamente me recordo do cigano Melquíades da obra de García Márquez e seus pergaminhos escritos em sânscrito. Corri. Entrei em casa e fui à cozinha. Olhei os papéis novamente. Sinto uma angústia no peito, uma palpitação metida a pânico. Num ímpeto, rasgo-os e dou descarga. Nunca saberei que mensagem havia ali. O velho sumiu nos pingos das ruas. Eu sumi no assombro do pânico. Passados quatorze anos, esse encontro me vem à cabeça igualmente descritivo, mágico e intrigante.

Salvador, 26 de novembro de 2017

DÊ UMA OLHADINHA!

Ou curto as férias ou trabalho. Essa coisa de meio-termo não é característica minha. Estou em casa curtindo meu janeirão e eis que recebo uma mensagem. Era Antônio (nome fictício), um querido colega, pedindo para que eu abrisse meu e-mail. Corro lá! O título da mensagem é PRECISO. "Você poderia dar uma olhadinha nesse artigo? São somente nove páginas. Se possível, veja ainda ABNT. Agradeço." Fui ao telefone e perguntei: – O que é dar uma olhadinha? – Não; verificar se tem algum problema. – Ah! Você quer que eu analise seu artigo! – É! É isso. A contragosto, tirei meu cérebro da praia e me propus a analisá-lo. Nossa! Quanto desvio gramatical! Após um tempo, terminei a análise e lhe enviei. Finalizei o texto com: "Cem reais é o serviço". Fui à praia. Não tive retorno. No outro dia abro o e-mail e lá está: "Se você não fosse engraçadinho, eu iria acreditar na cobrança kkkk. Cara, muito GRATO!" Fui novamente ao celular e lhe disse que a cobrança não era uma piada. Precisava ser pago pelo trabalho prestado. Ele ficou estupefato e irritado. Chegou a questionar a nossa amizade. Que amizade? Não contente me bloqueou de todos os seus contatos, excluindo-me, inclusive, do Facebook. Vejam que fuleragem! A gente estuda tanto, gasta tempo, dinheiro e parece não significar nada. Isso só acontece na nossa área, que é infestada de mitos missionários. Chame um pedreiro, eletricista, médico... para dar uma olhadinha nalgum problema. Mesmo sendo amigo (Antônio era um colega), é nosso dever pagar pelo feito ou se propor a pagar. É seu ofício! Professor não! Dada a redoma sacerdotal que nos circunda, a grande maioria das pessoas acham que tudo o que conseguimos fazer nos foi doado, como uma benção de Said Ali e Evanildo Bechara. Pelo amor de Cristina Rocha! Que é isso? Valorizemos o profissional das Letras. Estudamos muito. Sofremos que nem mala "véia" para pontuar – malmente – se essa ou aquela construção é adequada; e as pessoas aparecem sempre atrás de favores. *For God's sake*! Acordemos. Qualquer profissão requer tempo e esmero para o aprimoramento. Não desprezemos isso. Jamais! Da próxima vez que você for pedir a um profissional que lhe faça um trabalho, analise como ele se transformou na sua referência. E para não esquecer, o Tonho sumiu, desapareceu, virou fonema... Se essa crônica lhe chegar à cognição, decerto se identificará. Tomara! Que procure um xamã para revisar seus textos!

Salvador, 22 de fevereiro de 2018

UM CARNAVAL EM CADA ESQUINA

Acabo de pegar pela primeira vez o metrô da rodoviária para a Lapa. Todos bem comportadinhos. Na estação Acesso Norte começam a entrar alguns foliões: anjinhos, bandidos, homens travestidos, casais com abadás. Penso na atmosfera festiva. Curto muito esse clima de euforia. Esse deixe disso que eu quero me divertir. No trajeto há euforia também com o 6 a 1 do Bahia em cima do Conquista. BBMP! Mais foliões entram, mais sorrisos, mais cheiro de folia. Pego um táxi na Lapa e o motorista diz que este ano vai ser metrô até a Lapa e táxi até a Barra. Uber não entra no circuito. Chego ao Largo da Graça e uns trinta foliões descem com seus abadás e grande algazarra. Jovens entre 20 e 25 anos. Todos ali gritavam: – Hoje é tudo nosso. E que seja! Desço a Princesa Isabel e vários carros param a fim de retirar suas malas. Malas de todos os tipos e tamanhos. Gente de todas as idades e origens. Mais abaixo, na esquina com a João Pondé, um folião solitário desce com duas piriguetes de Skol. Sorrio! Já quer chegar pronto. Ao entrar em casa, vejo se meu mais velho tênis está limpo. Perfeito. Enquanto escrevo, penso em Ely. Sempre a primeira a tocar a campainha: – Cheguei, Veldelino! Uhuu! Suspiros fraternos e saudades. Assim é a vida. Ouço banzeiro. Fico animado e confirmo geronimamente: Já é carnaval cidade/ Acorda pra ver...

Salvador, 7 de fevereiro de 2018

HIERARQUIZAÇÃO DE DRAMA

À amiga e psicanalista Vera Lúcia Santana Veiga (em memória)

Custou-me escrever sobre isso. Não gostaria de ser lançado na contramão do plural. Entretanto, há temas que ficam de sentinela fiel. Não arredam o pé. O Bruxo chamaria de ideia fixa. Em 2016 assisti ao filme franco-brasileiro *Aquarius*, com Sônia Braga. Narra a história de uma senhora jornalista que não quer vender seu apartamento na orla do Recife para a bem-intencionada construtora Bonfim. Há uma angústia grande, pois seu apartamento é o único que não havia sido comprado. Ela, por estimar muito sua história e memória, resiste bravamente ao assédio insistente dos engenheiros. Discuti com muitas pessoas acerca do filme. Dentre as discussões ouvi: "Mas isso é só mais um drama de classe média". Assustei-me e não concordei. Fiquei incomodado com o argumento "só". Acaso não seria dor também? Na dúvida do que escrever prossegui meus dias. Durante a novela *A força do querer*, também ouvi que o drama vivido pelo personagem transgênero era mais um de classe média. Logo, poderia ser atenuado devido às benesses do dinheiro. Isso tornou a me incomodar de maneira mais intensa ainda. Hierarquizar o drama é dizer que há aflições que são maiores que outras. Eu desaprovo. Sem vereditos; sem ponto final. Não devo, sob minha régua, medir a convulsão do outro diante do seu desafio. É adentrar no mundo alheio sem licenças e assinar um diagnóstico. O drama é a relação conflituosa entre você e o medo, problema, limitação... Só o protagonista pode, ainda que por vias inseguras, falar sobre o nível da intensidade que o incomoda. É estranho declarar que Maria Souto Maior sofre menos que Maria Auxiliadora da Silva diante da perda de um filho, por exemplo. "Se ela me deixou a dor/ É minha só/ Não é de mais ninguém." Bradam Marisa Monte e Antunes aos quatro ventos e aplicativos. E é isso que me orienta. A dor é individual, intransferível e imensurável. Se formos fazer escala de drama, haveríamos de chegar aonde? Não há horizonte seguro para essa equação. É aquela história: eu quebrei uma perna. E eu que quebrei uma perna e um braço. Pois é! Eu quebrei uma perna, um braço e ainda tenho hérnia de disco. Recentemente recebi um meme: os sofrimentos do homem burguês: minha mãe quer me mandar pra França, cara. Que caralho! Eu sempre disse a ela EUA. Qual a parte que ela não entendeu? Cara, te entendo muito! Meu pai quer que eu faça intercâmbio em Nova York só que eu quero ir pro Canadá... Senti um tom jocoso nisso tudo, mas fui ver os comentários sobre essa postagem e foram dos mais perversos. É preciso aceitar que para eles isso se trata de um dilema, portanto é causador de angústia. A gente pode até pensar em aferir sofrimento, mas vai ser sempre do lado de fora do turbilhão. Doutro lugar e ponto de vista. A hierarquização de drama não resolve os dramas. Não instiga o olhar sensível; não contribui para minimizar as diferenças; não erradica os abismos sociais e acima de tudo estrutura um posicionamento questionável, se se reconhece que não há como sentir a lança que atravessa o outro. Ascensão econômica não é sinônimo de paz interior e relativização de dores. Fosse assim, os terapeutas comportamentais estariam falidos. "Eu devia estar contente porque tenho um emprego, sou um dito cidadão respeitado e ganho quatro mil cruzeiros por mês. Eu devia agradecer ao Senhor por ter tido sucesso na vida como artista. Eu devia estar feliz porque consegui comprar um corcel 73." Raul. Nada ouro. Nada tolo.

Salvador, 18 de maio de 2018

A PAUTA QUE NOS PARIU

Em uma das vitórias do Brasil na Copa do Mundo, comemorava com amigos em um restaurante na Barra. Vi de relance que havia por perto uma equipe de reportagem. Vi ainda o repórter se arrumando e fazendo as primeiras entrevistas. Nossa mesa estava colorida de camisas, sons e alegrias. Segurava uma bandeira e ali vivíamos a euforia de mais uma vitória. Não demorou muito e o repórter se aproximou. Antes mesmo de se identificar, o bendito me lançou uma pergunta azeda: com tanta violência e desigualdade neste país, há mesmo o que comemorar? Fui surpreendido. Alguns segundos de oxigênio depois, respondi-lhe que sim. Era possível comemorar e manter uma posição crítica diante das dores do mundo. As duas situações não se eliminam. É preciso saber fazer os recortes certos; sem ficar alienado; sem perder os tons da alegria. Fez-me outra pergunta sobre o placar do próximo jogo, mas entendi que essa foi só para não ficar no vácuo. O repórter não queria aquela resposta. Ele aguardava alguém que endossasse o seu propósito. Não ocorreu. Passou-me um cartão com o horário da exibição da matéria. Guardei-o sabendo que não iria aparecer. Bingo! Nem eu, nem minha bandeira, nem minha cor. A edição disse não. Já vi casos parecidos. Há poucos dias, num link ao vivo, o jornal mais visto do meio-dia queria trazer para a sociedade que o HGE não havia atendido a uma parturiente a contento. A repórter insistia com uma das irmãs da nova mamãe. Entretanto, as respostas acenavam para um contexto de satisfação. A equipe médica havia chegado prontamente e dera os cuidados necessários à mulher. Não contentes, foram à própria mãe, mas o discurso seguia o mesmo. Nada de erros; desacertos; negligência. No estúdio, desconforto. Falta de argumento. É preciso mesmo forçar um ambiente, ainda que ele contrarie o roteiro já estabelecido? Não dá para errar na hipótese? Ou é sacanagem mesmo? Recentemente os baianos detonavam a mudança de um ponto de ônibus na região do Iguatemi e o incômodo que isso causava. Os *tweets* que chegavam vinham na mesma linha. Mas o âncora insistia em contrariar as participações. Deu lição, explicando que a melhoria era uma questão de tempo. "As reclamações aconteciam porque o povo não gosta de mexer na rotina, mas, com o passar dos dias, tudo voltaria às boas e agradeceríamos." Eu gostaria muito de não alinhavar o viés político. Mas esse futuro do pretérito já aciona muito. O povo tem que obedecer à ideologia do jornal. Quando a hipótese é contrariada, esse ponto "fora da linha" é tingido de incoerências. Numa rápida pesquisa no oráculo inconteste deste século, é possível levantar dezenas de casos parecidos; iguais! Isso não é jornalismo. O poder posto à imprensa deveria ser utilizado para dar as versões sobre determinado fato. A manipulação escrota, tônus comum à mídia brasileira, fica ainda mais sobressalente. Um projeto equivocado que não educa, não disponibiliza a outra ordem; o outro ponto de vista. As pautas tornaram-se roteiros rígidos diante dos quais não cabe a versatilidade do bom jornalismo. A puta pauta dá lugar à pauta puta, maquiando as cenas e estabelecendo discursos ideológicos orquestrados. Isso tudo já é uma tragédia intrigante. Mas fica pior. Fica quando a mídia cobre as ações da justiça. Não raro pessoas têm sua vida devastada por horas, dias na sanha aterradora da audiência; do escárnio público. Não me esqueço do reitor da UFSC. Tirou a vida. Quem a devolve? Essas vítimas protagonizam um longa-metragem de acusações e ganham figuração no curta da reparação. Infelizmente vivemos num Brasil paradoxal onde mentira vira manchete e fato, nota de rodapé.

Salvador, 18 de agosto de 2018

DEIXE PRA LÁ

    Passei boa parte da vida ouvindo de minha mãe a expressão "deixe pra lá". Sempre me irritou muito isso, porque, às vezes, eu chegava a casa revoltado com alguma agressão ou infortúnio da rua. De mãos dadas com a cegueira do ódio, lembro-me de choros, nervosismos e desejos insanos de dar o troco. Mas era eu levado, invariavelmente, a esquecer a situação e virar a página. Nunca recebi a lição do revide ou "vá lá e faça o mesmo com ele/ela". Ficava enfurecido com isso. Não conseguia crer que sempre seria forçado a ter essa postura diante dos desafios. Por muito tempo cheguei a discutir com ela. Cansado mesmo desse mantra. Dessa postura franciscana e terna com a qual tinha que conviver. A discussão, entretanto, não ia muito longe: – Meu filho, deixe pra lá. Deixe que o mundo dá o troco. Você não vai ganhar nada com isso! O tempo passou; passa; passará. E quem mais que o tempo para escrever novas linhas na nossa alma?! Ele é o senhor de toda a mudança e ebulição. A água da alma tem um contrato com o tempo. Ela só ferve na hora certa, porque não existe alma madura do sol. Hoje percebo que tudo era proteção. Receio da agressão física, do machucado. Sei que sua principal motivação era salvaguardar o filho das brigas. E ela conseguiu! Compreendo-me hoje como um covarde nesse aspecto. Assumidamente covarde! Uma covardia que já me livrou de muitas armadilhas. Capaz de me trazer o tom oportuno para o momento nevrálgico. Talvez, para fins de expurgar minhas mágoas, tenha buscado nas palavras a minha forma de revide. O meu jeito de dar o troco, já que não sou nenhum santo nem pretendo sê-lo. Quando é necessário ferir, é pelo discurso, ainda que venha suavizando a sintaxe a cada nova experiência, a cada nova leitura. Essa equação não faz de mim um ser humano humanizado (não é um pleonasmo!), mas estou mais para o universal e menos para o privado. A lição que fica, e hoje ainda a ouço falando o mesmo para os netos, é a de que é preciso correr o leito dos rios para entender as manobras das margens. O jovem indignado com o "deixe pra lá" deu lugar ao adulto convencido essencialmente da narrativa sábia. Nunca foi pela frouxidão, submissão ou humilhação. Foi pelo cuidado, carinho, preservação. Foi pelo amor. Foi por amor. Gratidão!

Salvador, 29 de janeiro de 2019

A SURPRESA DO KINDER OVO

Não passava dos seis anos. Essa possivelmente era a idade de Raul. Duas da manhã na Rodoviária de Salvador e ele vinha sendo puxado pelo pai aos esbregues. Eu esperava o terceiro uber, devido a cancelamentos. – Seja homem! Pare de chorar que nem uma mulherzinha. Já, já a gente chega em casa. Meu carro chegou e o deixei lá; ainda aos berros. Pobre Raul. Raul pobre? Hoje recebi um convite para uma *watch party*, ferramenta do Facebook, cujo intuito é assistir a determinado evento com amigos virtuais. Lá um homem malhado, de seus trinta anos dava socos e pontapés na mulher. Ficou difícil precisar o idioma; decerto não era neolatino. O filho, de uns três anos, tinha um choro alto e angustiante, mas não servia de impedimento para aquela fúria. A mulher protegia o rosto, enquanto se escorava junto a uma cômoda no canto da parede. O menino seguia tristemente aos berros. Nada. Mais socos; mais murros e mais violência. Depois de uns cinco minutos de covardia, ela levanta pega o filho e a imagem é encerrada. Quase tomo um calmante depois da cena. Analepse: estávamos eu e uma amiga numa delicatéssen há uns meses. Já pagávamos a conta; cansados depois de um dia de trabalho. Onze horas da noite, talvez. Nisso ouço um senhor gritar com uma das atendentes. Ele estava ensandecido porque o filho não havia recebido o Kinder Ovo solicitado. – Você está aqui para a-ten-der. Estou há tempos pedindo isso. Atenda meu filhooooo! Nomes e estouros se ouviam. Ela pedia calma. Havia muita gente; uma fila considerável. Até que a moça pegou o doce e o entregou. Ele seguiu para o fundo da loja, certamente para escolher outros produtos e de lá gritava: – Quando meu filho pedir alguma coisa, vocês têm que atender. Obrigação de vocês. – Tá vendo elas ali? Elas estão aqui para isso, viu filho? Seja retado! Silêncio em toda a loja. Três eventos distanciados no tempo e no espaço, mas singularmente envolvidos. Não deve estar circunscrito aqui que Raul e a criança da delicatéssen se tornarão o selvagem do vídeo. Contudo, se pode considerar que o caminho está asfaltado. Os posicionamentos à espreita. Presas fáceis para assumir o status de senhores das mulheres; de suas mulheres; falocêntricos e donos da razão. Ao menos que haja a intervenção de novos olhares; aos menos que sejam semeadas novas visões de mundo, essas pobres crianças têm grandes chances de ser os algozes de suas esposas; monstros para seus filhos. Esse contexto alimenta as estatísticas no mundo inteiro de uma violência como projeto; alicerçado nos detalhes mínimos. Palavras. Discursos. Ação. O mundo carece de olhares menos bocórios; de entendimento sobre o outro e o feminino como sacrossanto. Uma educação machista inclina esses meninos a toda sorte de violência. Círculo vicioso dos mais ferozes da humanidade. Antes de terminar, quero frisar algo: esses três pais talvez morram achando que a ordem é a inferioridade do outro. É um abismo. Estão atravessados por memórias iguais e dificilmente recuarão. Nem por conselhos; nem por estudos; nem por Penha. A esperança é que o doce pedido pela criança sempre traz uma surpresa. Que tenha sido um vento prenhe de amor e de olhares sensíveis. O outro sou eu em outro lugar.

Salvador, 21 de julho de 2019

COXIA E ESPETÁCULO

Este texto vai respingar na autoajuda. Que seje! (Ops! Que seja!). Assisti a todas as temporadas do programa de entrevistas da Tatá Werneck. O *Lady Night* consegue arrancar dos seus convidados aquilo que nenhum outro entrevistador consegue. Dos assuntos mais sérios aos mais banais, de Caetano a Lázaro Ramos, de Cid Moreira a Lulu Santos, de Miguel Falabella a Selton Melo, é sempre surpreendente o que circula nos episódios. Talvez o humor possa explicar tudo isso, já que é líquido como quer sua etimologia. Dentre tantos atributos da humorista metida a apresentadora, essa singularidade me chamou a atenção. Dentro da singularidade me vem o recorte: coxia ou espetáculo? Explico: a vida dos artistas é sempre vista como um espaço indolor no qual os perrengues e dificuldades entram nas raras exceções. Ela não tem pereba; frieira; espinha. Entretanto, o programa traz quadros que colocam os artistas num processo de desendeusamento; uma espécie de divã sem os limites roteirizados e envernizados das revistas. Tons de improvisos. A atriz Taís Araújo, por exemplo, fala do quão foi doloroso não ter podido amamentar sua filha; de o quanto aquilo foi difícil e cruel. De não ter estado no dia do primeiro aniversário do primogênito, pois estava sufocada de compromissos. Vem às lágrimas. Caetano não se reconhece como bom músico e afirma que os renomados compositores brasileiros sabem disso. Djavan, Gil, João Bosco, Milton Nascimento concordariam, segundo ele, com tal afirmação. Imaginem! Selton Melo fala da insegurança de assumir novos personagens, da surpresa em ter sido convidado para fazer o Chicó de o *Auto da Compadecida*. Imaginem dois! Cláudia Raia chega a dizer que tem mais carão do que talento... Além disso, a enorme saga porque passam as pessoas antes de chegar ao sucesso, os amigos talentosos que ainda não conseguiram, daqueles que desistiram... Isso me fez pensar no quanto é angustiante fazer comparações aturdidas diante do outro.

Normalmente nos colocamos na coxia em oposição a quem está no espetáculo. Apagamos, talvez por autoflagelo, todo o processo difícil enfrentado até chegar ao palco: as barreiras, as culpas, os nãos, o suor, o choro... Exibe-se então o que há de mais paradoxal ou antagônico. O parâmetro, certamente, não deve ser esse. A estrada não pode ser o caminho do outro; já que somos diferentes. Independentemente do que ocorre conosco, o outro pode servir de inspiração, mas não de comparação. Afirmo que desse entorno podem surgir questões sociais sérias; de falta de oportunidade; desigualdades e afins. Desse modo também não caberá a lâmina de que você é o único responsável por seu insucesso. Essa é uma das armadilhas mais tiranas que conheço. Tiranas porque nos leva para um terreno opressor insustentável. Aqui precisa entrar o jogo dialético. Buscar as próprias forças, mas não se exaurir nisso, haja vista que outras engrenagens também são responsáveis pelo movimento da humanidade. Nesse sentido, afasto-me do discurso desgraçadamente autoritário da autoajuda. Ah! E têm também as gotas do imponderável. O fator sorte. Ele existe sim! Não me venham dizer que não. Aquele dia; aquela hora; àquela hora; aquele anjo; aquela luz...

Salvador, 3 de agosto de 2019

SOU DO AXÉ, MAS NÃO SOU DO AXÉ

Há tempos analiso a cena axé, no que tange a um processo contínuo de evangelização de artistas da capital baiana. Todo cidadão tem direito a se atrelar ao segmento religioso que lhe aprouver. Para mim, se houver o ame ao próximo como a si mesmo, já teremos 90% dos desafios da humanidade resolvidos. O samba-reggae ou axé-music está para a cultura africana tal qual o oxigênio para a vida. Gilberto Gil diz que o gênero "é o negro liberando sua energia criativa e unindo isso à instância política". Ademais da declaração, sabe-se que os blocos afros Malê, Araketu, Ilê, Olodum validam que de seus Terreiros nasceu o ritmo sustentáculo de forte referência identitária de Salvador. Acontece, porém, que muitos artistas ao "aceitar Jesus" acabam abandonando o palco ou usando de estratégias para permanecer em foco, sem ser maculado com a mancha do pecado musical. Creio que uma das primeiras foi Marinez, da banda Reflexus. Em 2010, quando se comemorou os 25 anos de axé, a cantora fez um pequeno show em Vilas do Atlântico. Ali notei que das músicas cantadas nenhuma fazia alusão ao Candomblé. Tristeza. Depois vieram outros nomes. Gilmelândia, Cláudia Leitte, Xande, Pierre Onassis (esse parece que voltou)... Incansáveis vezes já ouvi esses cantores suprimirem versos para não proferir nada que se remeta aos orixás. Ora silenciam, ora trocam por textos desconexos. Mas verbalizar jamais. Já vi Baby do Brasil (ou de um certo Brasil) dizer "eu não canto isso não". Referindo-se a *Oyá Por Nós*, música de Margareth Menezes e Daniela Mercury. Continuo afirmando ser impossível circular no axé sem dar o valor que essas raízes merecem. Em 2013, Saulo Fernandes lançou a música *Raiz de Todo Bem*, que se tornaria um hino para o carnaval. Entrou para os clássicos. Mas se ligue, pivete: a composição trata justamente das referências africanas indissociáveis à Bahia. Aliás, não é nem uma questão de associação. A Bahia é África (ou deveria ser!). E agora, pseudocantorpopevangélico? Cantar ou não cantar? Oxe! Vamos cantar! O povo quer. O povo gostou e a música é barril. E assim é. Quem é do mundo faz a performance corretamente e quem não, mantém-se na cena, mas se esgueirando no gelo seco ... Esta semana, no Rio de Janeiro, Xande do Harmonia foi acusado de intolerância religiosa justamente por causa da sacrossanta composição. Ainda que a acusação me pareça um tanto forte, o que vale mesmo é a reflexão. Xande recorre à seguinte estratégia para não queimar no fogo do inferno: troca cabra da peste, por cabra nordeste. Senhor do Bonfim, por canta, Oxente (nome da festa). E no trecho "do canto Candomblé", o enxofre é afugentado por eu canto, eu canto! Pasmem! A dupla Simone e Simaria, em cujas músicas cabem os sete pecados capitais, não quiseram proferir "flores brancas, paz e Yemanjá", do Natiruts. #cansa! Haja incoerência! Marinez, embora haja outros argumentos, fez o melhor. Saiu de cena! Aos demais: peguem todo o dinheiro que vocês ganharam com os mundanos e doem. Tem muita gente precisando! Carnaval é alegria, sexo, álcool, traição, treta... pluralidade. Se isso não condiz mais com seus preceitos, por favor! Voltem-se ao público evangélico. Vão concorrer com Cassiane e Fernanda Brum. Se isso não for possível, ao menos assumam composições que são aprovadas por vossos critérios. Só não desrespeitem o ventre no qual vocês foram gerados; nem manchem as composições dos poetas. "Está esculpido na mente. Muito além da minha consciência." Adiantem o lado. Corre, Cosme! Chegou Doum Alabá!

Salvador, 10 de agosto de 2019

A COMÉDIA E O FUTEBOL

Rodoviária de Salvador, 6 da manhã. Entro no Uber. – E o seu Bahia, hein? Tomou 1 do Chapecoense logo no início do primeiro tempo e só conseguiu empatar aos 52 minutos do segundo. Segundinhos de silêncio. Quem disse a ele que eu gosto de futebol? Quem disse a ele que eu torço pelo Bahia? Tenho obrigação de gostar de futebol. E mais: saber tudo o que acontece no simultâneo dos campeonatos. Há mais de quinze anos me surpreendo com esse pré-texto dos motoristas. Sempre me vem com sentido de humor. Antes eram os taxistas. Mas a mensagem segue a mesma. Talvez por falta de assunto ou intimidade, eles buscam no futebol a marca-mor da unanimidade. É homem. Gosta de futebol. Nesses anos todos, nunca disse para eles que somente admiro o esporte. Não sou nenhum seguidor. Quase alheio a torcidas, estádios e afins. É certo que simpatizo com o Bahia. Fico alegre com suas vitórias, sem me despedaçar nas derrotas. É certo também que coloco a amarelinha a cada quatro anos e vou aos encontros festivos. Não sei se pela Copa ou pelos encontros. Vou! Interessante é que, inicialmente, eles emendam uma narrativa num continuum que lembra o discurso de telemarketing. Quase que você não tem tempo para o diálogo. Depois de certo tempo, param. Ficam esperando meu retorno. Eu, que acho isso superengraçado, pego expressões-chave do discurso futebolístico e vou preenchendo lacunas numa espécie de palavras-pontes, a fim de que se perpetuem as análises. E sem saber de nada, vou me inteirando de tudo. Posso ir facilmente ao *Bem, Amigos* e bater um papo com Caio Ribeiro. De igual para igual. Os motoristas se empolgam. A certa altura me pedem opinião. E vou pegando ganchos bobos, de outros momentos, de outros "colaboradores". – É sempre assim com os times do Nordeste. Começam bem, depois descem a ladeira. E pro Bahia tudo é mais difícil. É no sofrimento! Pouco investimento, também, né? Desmotivação. Veja a ousadia do técnico do Flamengo. Ali sim! E como bem disse você:

Gilberto, um brocador daqueles, há cinco jogos sem fazer gol? Um time que queria ir pra Libertadores?! Porra, véio!! Nessa hora não tenho a mínima condição de olhar para eles. Sei que se o fizer vou cair numa gargalhada sem fim. Rio por dentro até o fim do trajeto. Já aconteceu de motoristas marcarem para tomar uma, com o intuito de discutir as partidas. Ir a estádios. Acham até (Imaginem!) que minha análise é firme e boa. Eu, no carona, não paro de imaginar o quanto eles caem na narrativa do pseudocomentarista. O quanto convenço, por meio de poucas palavras, esses efêmeros amigos legais. Todo homem tem que entender de futebol. E entender verticalmente. Que doideira! Para mim, essa interlocução é terapêutica. Muitas vezes chego morto de cansado de viagens longas, mas, se o assunto for futebol, acordo e começo a dialogar até o final do trajeto. Meu dia fica diferente. Quase sempre, enquanto saio do carro, falo para eles se ligarem na próxima rodada, pois muita coisa pode mudar. – O futebol é uma caixinha de surpresas. Não existe favorito. Acho até que vai dar Bahia no jogo contra o Flamengo. "Valeu, moral! Bom trabalho!" Bato a porta. Gargalhadas da portaria ao apartamento. Fico imaginando o dia em que eu lhes disser a verdade. – Sei p... nenhuma de futebol. Tudo o que eu falo no trajeto é só para você pensar ao contrário e motivar a discussão. Expandir o papo. Sei lá. Acho que perderá a graça. Perderei a terapia. Tão caras! Manter-me-ei (de propósito) um sábio comentarista. Uma Mylena Ciribelli às escondidas. – Oxe!? E mulher entende de futebol? – Sim! E essa, muito mais do que eu e você. Garanto! Vou terminar a partida sem grandes impedimentos. Não sei mesmo como eles ocorrem... Viva o futebol! BBMP!

Salvador, 8 de novembro de 2019

A CAIXA DE PAPELÃO
E A SALVAÇÃO DO PLANETA

É comum chegar aos supermercados da Barra e ver aquelas senhorinhas disputando a tapa uma caixa para poder levar suas compras para casa. É uma cena, ao mesmo tempo, hilária e intrigante. Elas saem orgulhosas de seu papel social e vão contentinhas para seus prédios. Salvamos o mundo! Interessante! Quando o assunto é consciência ecológica, temos sido quase impelidos a fazer algo a respeito. O mundo vai acabar. A camada de ozônio. As águas. O ar. A fauna. A flora. Quase tudo se extinguirá. Menos as baratas... O bombardeio é intenso e ininterrupto. Quase o carro do ovo. Sendo assim, de alguma forma, todos devemos ser eco-úteis para que o planeta não desfaleça. E como formiguinhas vamos lá juntando células para que sejam reaproveitadas. Existem grandes organizações preocupadas com a vida na Terra? Sim! Existem! Mas sempre analiso isso de uma perspectiva pessimista. O macropoder – aquele mizeravão – não está preocupado com ecologia, preservação de fauna e flora. Não está nem aí para plástico, madeira, cigarro... A lógica capitalista vive alheia a essa realidade. (Não estou defendendo o socialismo!). Mas ela vive alheia no sentido de promover estratégias simbólicas mais efetivas. As senhorinhas da Barra e nós não resolveremos o problema sozinhos, sequer o amenizaremos. Observe: o que fazem as grandes empresas? Como se comportam na ânsia agonizante do nunca-jamais-antes-visto? Mês passado abri a gaveta do meu guarda-roupa e eis que explode um saco cheio de carregadores de celular. Procure na sua casa que você encontra. Encontrou? Entendam: cada marca de celular possui um modelo de carregador. E cada modelo de celular, ainda que da mesma empresa, também possui as suas idiossincrasias. Um prato cheio para psicanalistas. A quantidade de carregadores que vamos acumulando no decorrer da vida é incalculável. Se houvesse o mínimo de respeito à natureza, o mínimo de preocupação com esse amanhã catastrófico, todo carregador deveria ser igual, de qualquer marca e de qualquer modelo. Inclusive os de máquina de barbear e outros eletrônicos, independentemente de marca. E não me venham dizer que não há tecnologia para isso. Há! E de sobra! Entretanto, não é de interesse mercadológico. O nunca-jamais-antes-visto está nos matando. É sério! Chego a uma farmácia para comprar o Dorflex nosso de cada dia. Além do medicamento, escolhi uma barra de cereal. Ao pagar o produto, o caixa me deu uma sacola em que caberiam quatro pacotes de fralda geriátrica. – Só tem assim! A outra ainda é maior. Afirmo: isso já ocorreu comigo incontáveis vezes. Quase sempre coloco os produtos no bolso e saio. Comprei um celular outro dia que a caixa era mais bonita que o aparelho. Chego, tiro o celular e jogo a caixa fora. Plásticos, notas, fitas adesivas, esponja... tudo fora! Difícil! As lojas me dão sacolas imensas e quando as recuso: – Por favor! Faça propaganda de nossa marca. E faço! No meu aniversário, precisei de duas pilhas. Entro no Walmart da Barão de Itapoan e não consigo encontrar. Busquei um fiscal que me informou o local correto. Pasmem! Eu não poderia comprar duas pilhas. A embalagem me forçava a levar oito. Oitooooo! Para que eu quero oito pilhas? Para enfiar no co... elho da Duracell? Recusei-me a comprá-las. Depois de um papo com o funcionário, ele acabou encontrando uma única embalagem com duas. Levei-as! O nosso entorno é o de poluir. E a menos que você queira viver uma experiência budista-iluminação, não é o meu caso, você continuará poluindo. Mais e mais. Não adiantará o nosso esforço, enquanto a grande produção não repensar sua atuação. Creiam! É vão! Do ponto de vista sistêmico é. Vocês sabiam que há grandes marcas que queimam produtos de coleções anteriores? Sim, senhor! Fazem-no para evitar que seu nome seja desvalorizado no mercado. Tosco! Mas é assim que funciona. Se o macropoder pensasse em ecologia, todo condomínio teria uma lavanderia coletiva. Vou poluindo por aqui, digo, ficando por aqui. Continuarei, como as senhorinhas da Barra, a fazer meu papel, ainda que de figurante. Isso me deixa mais contente e o soninho vem tranquilo.

Salvador, 22 de novembro de 2019

CLICKBAIT

Lima Duarte morreu. Não aguentou a morte da filha Regina Duarte. Sílvio Santos morreu na roleta. Reinaldo Gianechini se foi. Ana Maria Braga virou comida de louro. Zeca Pagodinho virou adubo de cana. Gretchen está morta. Dedé Santana é o último trapalhão vivo. Cantando Mila, Netinho morreu sete vezes. Gugu morreu. Morreu? Morreu! Para quem ainda não sabe, o *clikbait* ou o caça-clique é a estratégia utilizada por sites inescrupulosos, a fim de angariar proventos com publicidade. Isso é feito com manchetes mentirosas ou quase mentirosas, atestando uma grande falta de respeito e até mesmo desumanidade. Deslizam frases do contexto e fazem com que nós busquemos a fonte só e somente só para ganhar mais notoriedade. Eu sinceramente jamais imaginei que iríamos chegar tão longe com os boatos. O pessoal mexe com a vida/morte das pessoas assim, de maneira oca, irresponsável. Despudoradamente. Não pensam nos pais, filhos, familiares que podem surtar com informações dessa gravidade. Afastam-se de qualquer tipo de consideração na ânsia virulenta dos acessos. Nada importa. O que vale mesmo é ser o primeiro a dar a notícia, ainda que falsa, ainda que maquiada. Lembro claramente do que aconteceu com Netinho. Mataram-no por diversas vezes. Textos escrotos vindos das mais heterogêneas fontes urubuzavam aquele artista, como numa tocaia mortífera com direito a foices e outros requintes cruéis. Rara a semana em que não circulava a notícia macabra. Caronte passeando de barco no Dique do Tororó, acompanhado de Mila. O presságio não se confirmou e o cantor segue o seu pulsar. Nós, seres humanos, aqui e ali também temos esse ranço de ser o primeiro a dar a péssima notícia. O grande porta-voz do último suspiro. O atenuante é que o texto, quase sempre, tem relação com a realidade. A nova imprensa virtual não quer saber de fatos. De verdades. Ela alimenta-se vorazmente de *fake news*. Sua fome não tem saciedade. A mentira não cessa a sede da mentira. O instinto pelo ineditismo regado ao prejuízo alheio é infinito. O reinado da alterfagia vive novamente seus anos de ouro. Nem vou pontuar o que ocorre na nossa política, pois não quero partidarizar o pequeno texto. Vocês viram o que aconteceu recentemente com o Gugu. Passei horas sem querer publicizar. Várias mensagens me chegavam no celular. Quase todas tinham como fonte o site "O dia". Segurei. Não me inspirava confiança. Mas depois vi que o "Bahia Notícias" também estampava a sua morte. Dei créditos a esse. Mais conhecido. Ledo engano. O site baiano para ganhar volume de acessos se utilizava do site "O dia". A mentira da mentira. A morte do então apresentador veio a ser confirmada, mas, antes disso, o pintinho amarelinho já tinha sido morto diversas vezes. Tem uma onda de mazelas acontecendo nos nossos quintais. A carnificina cheirando à alfazema nas nossas fuças. Precisamos de antídoto para isso. Creio que o primeiro passo é o respeito à vida do outro. Considerar a consequência do ato irresponsável. Depois é averiguar se as notícias procedem, buscar mais e mais fontes antes da divulgação. Se começarmos a agir assim, eles precisarão inventar uma nova forma de ganhar leitores. O que não dá é continuar alimentando esse tipo de texto, adoecendo amigos e famílias na indecência da falácia, aristotelicamente falando. Não merecemos. Humanos, humanizai-vos!

Salvador, 6 de janeiro de 2020

HORINHAS DE DESCUIDO

Quis a sorte que eu fosse à praia do Flamengo naquele início de tarde. Até aí tudo normal, uma vez que estou gozando das férias. E férias para mim são férias. O gozo do ócio! Sentei embaixo de um coqueiro e dali via o mar e sua relação com a areia e os humanos. Tomando banho, estava um casal. Um de frente para o outro na tentativa do equilíbrio diante das investidas de Netuno. Esclareço que era um casal fora do padrão. Esse padrão claustrofóbico. Não vestiam roupas de banho, não tinham corpos esguios, tinham sobrepeso... Mas a cumplicidade era de final de novela. Uma energia gostosa abria meus lábios. Uma alegria sem preço. Lá vinham eles. Ela meio tímida, mal levantava os olhos. Talvez tivessem escolhido dia, praia e hora para não chamar a atenção. Erraram! Havia dois olhos atentos ao carinho salobre da praia. Passaram por mim. Ele acenou também timidamente e se foram. Um pouco abaixo, em outro coqueiro, um senhor mais três garotos curtiam a sombra. Eles não ultrapassavam os onze anos e brincavam numa alegria e harmonia pouco vistas ultimamente. O senhor os vigiava enquanto eles iam ao mar. Cobriam-se de terra, lutavam, sorriam. Não sei como conseguiam tirar fotos com aquele areão entre os dedos. Tempos depois eles voltam. O possível pai abre algumas sacolas do Hiper Ideal e dali tira algumas vasilhas de sorvete. Aquelas que viram tapoé. Comiam e riam. Estavam esfomeados dos exercícios naturais e sem briga se banqueteavam, iluminados pelos raios solares descobertos no balançar das palhas do quase coqueiral. Fiquei na arquibancada. Não é preciso muito para ser feliz. E isso não é um texto de acomodação e limitação para os confortos. É sim a equação de enxergar no agora o antídoto para as mazelas. Enquanto não chego estou indo. Esse gerúndio é o mel da flor. Desci da minha contemplação e perguntei ao senhor se ele era pai das crianças. Para minha surpresa, não! Era um parente que se inclinou a dar cor às crianças no janeiro baiano. Despedi-me dele e segui viagem à beira-mar. Passei o dia com as cenas na memória. Um cheiro bom! Anteontem, passo a tarde com a filha de uma grande amiga. Fazia tempo que não me sentia criança. Desfiz-me das algemas adultas e resolvi interagir com ela. Engraçado que ela passou a me tratar como se criança também fosse. Enterrou-me na areia, corremos, brincamos, caímos no banho e partimos para historietas e fábulas. Entrei num mundo fantástico. As tampinhas que encontrávamos na praia eram tesouros e deixamos à mesa para que os piratas à noite pudessem pegar. Ela me dizia que a sereia iria tomar o tesouro dos piratas. Haveria uma luta no fundo do mar, mas ela venceria. Saímos da praia e o cenário continuou. Fomos ao mirante da casa e de lá víamos o mar. Era noite. Ela me dizia: – Será que os piratas já chegaram? Vamos ficar aqui para esperar. O cansaço do adulto já gritava. Mas consegui mais fôlego. Descemos e, na grama, fingíamos fazer um convescote. O combinado era que cada um contasse uma história, alternando as narrativas. Maçãs e bananas saíam da lancheira num ritual verdadeiro. Sim. Nós estávamos num bosque alimentados de histórias e frutas. Sua bonequinha negra ficava nos olhando. Perguntei-lhe se ela tinha nome. Ao me dizer não, disse-lhe que se chamaria Dandara. – Dandara? Hmmmmmm! Tá bom! Dandara... e assim foi até as tantas da noite. Os três episódios me deixaram ricos. Você pode gastar uma grana para ser feliz. Mas esse não é o único lugar onde a felicidade reina. Nossas crianças interiores se foram em algum momento e elas precisam ressuscitar, porque não deram adeus, porque não morreram. Foram atelogadas gota a gota e se encontram no fosso das censuras. Retiremo-las! Quando Guimarães Rosa disse que felicidade se acha nessas horinhas de descuido, acredito que ele estava sendo mais médico do que escritor.

Salvador, 23 de janeiro de 2020

DO BARRO DE QUE VOCÊ FOI GERADA

Faz anos que corto essa Bahia entre Salvador e Juazeiro. Nessas idas e vindas, tenho visto tanta coisa. Minha imaginação ferve. Tem algo, entretanto, que é recorrente: a presença ativa das mulheres. Nos ônibus, elas entram com seus filhos no colo, ajeitam-se como podem, sentam e fazem viagens de horas em posições desconfortáveis, sem muitas vezes sequer ir ao banheiro. Quando estão acompanhadas do parceiro, quase sempre, ele é o dono da maleta do bebê. Invariavelmente, o macho auxilia e deixa à mulher a tarefa do "vire-se." Raríssimas vezes sinalizo um cuidado mais acertado com a mãe. Mês passado: – A senhora está precisando fazer algo?! Eu fico com a criança. Ela me disse um não com jeito de sim e seguimos viagem. As que estão bem grávidas, aos maridos, caberia a tarefa de auxiliar nos degraus do ônibus, segui-las até a poltrona, mas não ocorre. Elas sobem vagarosamente, entre tatos e mãos até se sentarem. Nas cenas em que aparecem sozinhas e com filhos, há um malabarismo digno do Cirque du Soleil. Um olho nos rebentos, uma mala arrastando o ombro, o bilhete na boca, o ajuste para o assento e lá se vão. Elas estão sozinhas! Sem querer romantizar, é admirável o quão fortes se apresentam, o quão matemáticas são suas atitudes. Algoritmo nenhum daria conta, pois, além das equações, os gestos são perpassados pelo olhar maternal. Aquele colo que tanto alenta. Nesta semana, enquanto corrigia algumas provas, noto ao fundo da sala um carrinho de bebê. A jovem mãe está à minha direita fazendo a segunda chamada, porque a criança estava doente na data oficial. Sei que seu tempo de estudo é outro; suas demandas não se aproximam daquelas de uma garota de sua idade e isso me faz repensar meu lugar pedagógico. Distraio-me, olhando para o semblante aflito. Seu filho, nas mãos de um colega que, entre firulas, faz distrações desconcertantes. Não posso enumerar a quantidade de vezes que vi mães amamentando nos corredores. Mães-mães, mães-jovens, mães-crianças.

De todas as idades e cores, observo-as no exercício beduíno de dar conta do ser estudante e ser águia. Deveras representam fonte inesgotável de inspiração, obviamente oriunda de outra fonte in-esgotável de expiração. Elas estão em toda parte: ônibus, escolas, bancos, praças, sob/sobre viadutos e pontes.... Há bons parceiros na história? Certamente. Mas exceção não explica sistema. Fosse assim a gramática seria um café da manhã com pão quentinho. Como já disse a matriarca da família Veloso: "Viver é pra quem tem coragem". A essas mulheres não lhes falta a capacidade de adequações e reinvenções, pois são afins de uma engenharia sem a qual o mundo estaria sempre no prelo. Não vivo a ilusão de que ser homem basta. Entre calhas de roda e comboio de corda, a mulher segue sendo o fruto desse barro cuja gênese encerra um poder revolucionário.

Salvador, 8 de março de 2020

A UNIVERSAL BIG BROTHER

E cá estamos nós no maior Big Brother da história da humanidade. E não se trata de ganhar um ou dois milhões de reais. Nosso prêmio é outro. Inimaginável, divino, diríamos: o não contágio; a sobrevivência. A proposta do confinamento tem sido a estratégia mais utilizada em todas as nações por onde circula imNpiedosamente o vírus. Desse modo, estamos todos presos vivendo a distopia anunciada pelo profético livro de Orwell. Nos dias corridos precisaremos tomar conta de nossas emoções. Quer você more numa mansão, quer você more numa casinha. Os nervos começarão a ferver, porque estaremos mais tempo juntos. É verdade que neste início iremos fazer descobertas e redescobertas amáveis no convívio diário, mas isso não será seguro por muito tempo. Vai ser necessário um grande olho sobre si mesmo, sobre o outro. As relações começarão a ficar tensas, visto que estamos desacostumados a esse tempo infinito. Não estamos de férias. Não é um final de semana. Não temos previsões categóricas. Em tempos de notícias e solavancos em demasia, todo o mundo quer se tornar o protagonista da notícia mais nova. O primeiro a jogar a última pá de cal. Algo humanamente insano. Mas entramos no estouro da boiada e quando percebemos estamos rumo ao despenhadeiro sem saber a razão. Isso vai tornar difícil o pseudocontato. Chegam a todo minuto inúmeras reflexões. Sobre nós, a vida, nossas relações, ciência, religião, política. Fiz não fiz, deveria ter feito. Farei. Fios para novas crônicas. Podemos pensar: "A solução é ficar só! Amo a solidão! Vou me reencontrar. Rever as leituras. Atualizar a casa." Mentira! Não há horizonte estável. Solidão por opção é diferente de solidão por obrigação. Cumpre esclarecer que tudo isso está atrelado ao tempo. Teremos tempo? Assim a demanda para quem está só é a mesma para quem está acompanhado: pôr as emoções em alerta. Quando os participantes do "reality" dizem que lá a dimensão é diferente, não é justificativa superficial. É fato. Agora imaginem: em qual dimensão se situa nossa psique agora? Por ora, estamos todos nas teletelas, mas, ao contrário do livro britânico, somos observador e observado. Um jogo dialético estafante, porque cambiamos de posição de maneira estrondosamente rápida. Tão rapidamente que é possível se sentir no auditório e no palco ao mesmo tempo. Não há saúde que resista. Muitos de nós adoeceremos para além da pandemia, principalmente aqueles que já possuem feridas comportamentais. As consequências serão intensas. Logo, é preciso avaliar a quantas andam nossas emoções e em que medida precisamos de alento e ouvir do outro aquele texto-colo. Essa situação precisa nos ensinar que os textos salvam. Se não a vida, o instante. Nosso inimigo é o vírus; não as pessoas. As tecnologias estão aí. Desfrutemo-las. Em tempos de censura dos beijos e abraços, ceder ao outro a palavra é uma atitude sabiamente humana. O verbo se fez carne e habitou entre nós. Estamos de olho.

Salvador, 21 de março de 2020

DEPOIS DE EXTERMINADA

Há muito tempo sonho com o dia em que todas as nações instituirão uma semana dedicada aos seus cidadãos. Seria uma espécie de proibição de todo e qualquer estrangeiro a entrar noutra cidade. A cidade para os seus. Sempre ouvi dos meus amigos a mesma ladainha. Seria impossível. Como ficariam os grandes centros turísticos? Hotéis? Voos? Companhias de viagens? Tudo isso para justificar que a economia iria colapsar. Logo seria inadmissível, dado o terreno capitalista por onde circulamos ou naufragamos. Ano sobe. Ano desce. A cada viagem essa vontade. A agonia de turistas em Paris, Veneza, São Paulo, Salvador... continuava a me imprimir o sonho jamais alcançado. Faz tempo li um texto do rabino gaúcho Nilton Bonder. Talvez tenha nascido aí a semente da semana fechada. O religioso discutia que os domingos precisavam de feriados, uma alusão ao shabat, descanso divino inspirado no nascimento da Terra. Ele defendia que o mundo andava deprimido e o entretenimento açucarado dos dias não dava conta de preencher "o mais que o humano em nós". A necessidade desse oxigênio me fez parar diversas vezes dentro de mim. Olhar-me. Aliviar-me. Mas sempre tem sido o fora, a ânsia do nunca-jamais-feito, o grande vencedor desse pódio. Hoje estamos não num feriadão, mas numa espécie de aspas para o rotineiro casa-trabalho. Já passam vinte dias que estou no nível quatro de isolamento (saindo na extrema necessidade). Outros estão há muito mais tempo. As grandes economias deram um *out* jamais experimentado. Seria impensável, até recentemente, imaginar a humanidade descontinuada. Saímos duma narrativa improvável para uma realidade tangível. A Olimpíada do Japão foi alterada com prejuízos que beiram os trinta bilhões de reais. E, não fosse a invenção do @, estaríamos ainda mais suspensos. Queridos, ver ruas e estádios vazios consegue precisar que houve um movimento para dentro. Não é a primeira vez que o Planeta Terra nos dá esse choque de realidade. Estávamos na fórmula 1 do desespero. Na corrida ensandecida; sem amor; sem zelo. E a Casa disse não. Vamos sair um pouco de nossa bolha e perceber a nossa morada lá de cima. Não é uma tarefa fácil, incluo-me. Voemos ao céu. Olhemos das nuvens. Num planeta finito, a nossa ganância se encerrava infinita. Porque o valor é agora. O bel-prazer da inconsequência. Não vou romantizar a tragédia, tampouco atenuar a dor das perdas. As vidas que, ao contrário das economias, permanecerão extintas. Sairei vivo dessa? Mas há uma ebulição. Ninguém pode negar. Enquanto diminuímos os movimentos em massa, a Terra descansa. Já imaginaram a quantidade de palitos de picolé, de queijo coalho, guimbas de cigarro, pratos de acarajé, tampinhas... que deixaram de circular nas praias de Salvador? Em toda a poluição nas praias e águas do mundo? E a atmosfera negligenciada por navios, aviões, ônibus, carros? Quanto gás carbônico... O Himalaia está sendo visto do norte indiano. Paisagem que há trinta anos não se via. Nosso Lar está respirando. Um respiro aliviado. Quiçá, ao contrário do que postulam os desavisados, ele esteja nos protegendo e queira ampliar os nossos dias com olhares mais plurais. Em tempo, o tempo está sendo redefinido, reconfigurado. Ele não é só dinheiro, se é que já foi, de fato, um dia. Peço mil desculpas ao Caetano... "aquilo que nesse momento se revelará aos povos. Surpreenderá a todos não por ser exótico. Mas pelo fato de poder ter sempre estado oculto. Quando terá sido o óbvio." Aquilo pode ser o índio. Aquilo pode ser o tempo, um dos deuses mais lindos.

Salvador, 9 de abril de 2020

VOU FAZER A LOUVAÇÃO

Vou fazer a louvação, louvação, louvação. Grandes sejam as médicas e médicos na luta diária da pandemia. Salvem enfermeiras e enfermeiros nos leitos das dores. Parabéns aos serventes que limpam o lixo do lixo, expondo suas vidas em prol de outras vidas. Deus salve os engenheiros que cuidam das engrenagens dos prédios e dutos. Salvem as autoridades (aquelas responsáveis!) que têm buscado o bem coletivo. Uma ovação à ciência que busca no saber encontrar o antídoto. Aos doutores do comportamento, todo o nosso louvor. À palavra sagrada, aleluia! Salvem aqueles que lutam e não são chamados, porque esquecidos, porque rechaçados. Um salve a todo esse batalhão de amazonas e soldados – super-humanos que lutam contra um inimigo invisível. Mas, ainda sem vê-lo, conseguem enxergá-lo a cada experiência por suas mãos passadas, por suas ações notadas e corações sentidos. A todos demos graças. Merecidas graças! Embora saibamos que há muito sofrimento, decerto, sem tais mãos, essa *via crucis* seria mais extenuante. Não há o que duvidar. No panteão que ora se manifesta em letras laudatórias, fica ali no cantinho do esquecimento a manifestação artística. São diminutos os espaços onde identifico a ode à arte. A arte como refúgio, alento, cais no maremoto. Não, não há! Parece que ela nos perpassa como um fazer insignificante. Há, inclusive, quem diga que ela não tenha utilidade. Já vou logo adiantando que discordo categoricamente. Se não é fim, é o meio. O instrumento pela qual perpassam nossos anseios e ganham "liberdade na amplidão". Sinto que a inalação oriunda da inspiração nos leva a visitas virtuais e reais, dentro das quais é possível reorientar a nossa vida; a ressignificação como quer a neurolinguística. Deixar-se à arte é ativar a molécula de oxigênio em tempos asfixiantes. Falta sim o dizer real da arte. Falta sim dizer que sem ela, nossa vida seria mais um torrão de terra na clemência do orvalho. Falta sim dizer a todos os artistas e fazedores de arte o quão é fundamental e singular a experiência do outro lado do muro. Nossas casas estão infestadas de arte: livros, séries, músicas, filmes, pintura, poesias, formas... Os evangelhos estão abarrotados de arte. Poesia fervendo nos sermões e ensinamentos crísticos. Se a fé não te salvar, a poesia o fará porque "um belo poema sempre leva a Deus", como quer o Mário Quintana. Essas pontes têm salvaguardado todos os nossos dias no silêncio sábio das pequenas curas. Ah! As pequenas curas. Que outras costuras são tão bem elaboradas!? Nosso dia não são vinte e quatro horas. São segundos de areia na engenharia paciente do tempo. Agradecer é pouco aos vates e músicos, atores, escritores e palhaços que nos melhoraram diuturnamente. Naufragam tristezas no esperançar, diminuem as dores da alma. Fragilizam os medos. Portanto e por tanto, validemos a arte. O filósofo alemão Friedrich Nietzsche cunhou um enunciado célebre ao qual tenho ampla adesão: "A arte existe para que a realidade não nos destrua". A arte é mesmo esse regalo divino que revisa o referencial da linguagem e nos põe na expectativa milagrosa da surpresa. E eu cá vou fazer a louvação do Gil e do Torquato Neto. "Quem tiver me escutando, atenção, atenção. Que me escute com cuidado. Louvando o que bem merece, deixando o ruim de lado."

Salvador, 29 de abril de 2020

A FALSA ARMADURA

Faz anos – não é uma metáfora – venho ruminando a ideia de escrever sobre os animais. Precisamente, os animais domésticos. Minha procrastinação se deve, sobretudo, ao receio de ser cancelado, devido ao fato de minha família materna ser apaixonada por eles. Tinha uma tia – a tia Dina – que deixava suas necessidades para segundo plano. Primeiro eles. Da comida ao remédio. E ela deixou herdeiros nesse sentido. Quer ver minha família sorridente? Comece dizendo que você trata bem os animais. Eu mesmo tenho um cão de nome Baco. É um boxer incrível e lhe dedico a grande parte de minha atenção e carinho. É um chamego só! Na rabeira desse tema, há outras questões para discutir, como vegetarianismo e afins, mas não tenho moral para fazê-lo. Bem, sempre me pareceu curioso o amor exclusivo pelos bichos. Calma! Digo isso quando esse amor é inversamente proporcional ao amor pelos humanos ou quando primeiro vem o amor pelos bichos, depois pelas pessoas. Tenho quase certeza de que elas carregam consigo um egoísmo ferrenho. São capazes de atitudes desumanas. Mas incapazes de deixar seu bicho uma semana sem banho. Desenvolverei o argumento: um animal de estimação é seu cúmplice fiel e eterno. Ele não vai impedir que você coloque um som alto no final de semana; não vai dizer que não gosta de Maria Rita; não escolhe a cor da coleira; o horário e o tempo dos passeios, quantos dias de passeio por semana; não vai dizer: – Não gosto de novela; nem de domingo! Um bicho não vai lhe dar lição de moral; nem pedir que você largue de fumar ou beber; não exigirá extravagâncias como roupas, comidas, perfumes. Não vai exigir o último modelo do celular. Um passeio no Farol da Barra ou no Dique do Tororó. Aliás, se você o levar para um lixão pouca diferença fará. Ao menos para ele! Esse seu amigo só precisa de carinho e comida. Só! Isso pode despertar nas pessoas a sensação de super-humano. Outras maldades ou deslizes são perdoáveis, afinal de contas os animais são bem tratados. Dou comida nas ruas, compro água, faço doações para instituições a eles voltadas. Sou o primeiro a me revoltar nas redes sociais, quando vejo maus tratos e atrocidades, disparo mensagens, faço textão. Não, você não é a supremacia do *homo sapiens*. Vamos reconsiderar essa armadura. Ela é uma falsa salvadora. Nesta semana em que uma empregada doméstica perde um filho, enquanto cuida do cão da patroa, é mais que oportuno tal reflexão. Se as teses já robustas se confirmarem, certamente, lá no fundinho a patroa sentirá suspiros de consolo porque tem um animal e teoricamente cuida bem dele. Amar os animais, então, passa a ser uma chancela psicológica para minimizar sentimentos de culpa; desprezos; sectarismos. Tenho exemplos muito próximos. Amar os inocentes passa a ser o perdão franciscano para nos livrar do fogo do inferno e das críticas humanas. Não sou psicólogo, mas sou professor. Posso apostar que boa parte desses loucos por animais, mas nem todos os loucos por animais, friso, carrega sobre si uma egolatria latente. Alguém deve estudar isso. Ter amor ao seu bichinho de estimação não faz de você um humano diferenciado, a não ser que você também espraie olhares e fazeres benevolentes a seres da sua espécie. Você há de me dizer: – Tem pessoas que não valem o que o gato enterra! Concordo. O mundo está cheio delas. Contudo, essa máxima não deve servir de guia para que uma relação seja superestimada em detrimento de outra. Há uma poesia nos olhos de quem cuida bem dos animais. Consigo senti-la. Enxergá-la. Tocá-la. No momento em que essa poesia ganha espaços mais gerais e se torna atitude na vida das pessoas, dois mundos são salvos. Aí sim você pode surfar tranquilamente no divã azedo da vida. Aí sim sua azenha terá água jorrando pela eternidade. Aí sim o verbo amar é supratransitivo.

Salvador, 5 de junho de 2020

MEU SÃO JOÃO

Essa noite eu tive um sonho de um sonhador. Maluco que sou, eu sonhei... Sonhei que havia uma manifestação pública para que houvesse São João. Acreditem! Era muita gente na rua. Homens, mulheres, crianças faziam um coro enaltecido. Lindo! A localidade exata não me foi revelada. Lembro-me de várias folhas brancas e a foto clássica de São João com o carneirinho no colo. Vejo seu rostinho vermelho sorrindo para mim até agora. Penso na caixinha de pistolão amarela em que ele aparecia/aparece como garoto-propaganda. Eu quero meu São João. Eu quero meu São João. Gritávamos todos. Acordei em meio às vozes. Bebi água um tantinho incomodado, porque impressa está a certeza de que a festa não acontecerá. Não como estamos acostumados. Vivi anos a fio nas quadrilhas e forrós. Já há alguns anos passo os festejos juninos fora. Mas é impossível chegar o dia do santo, mesmo longe, e não lembrar, fazer qualquer pantomima para construir pontes com a celebração nordestina. Impossível. À exceção de Portugal, nunca vi nenhum ritual parecido, ao menos nos rincões onde pisei meus pés no 23 de junho. No retorno, sempre faço um arraiá e convido parentes e amigos para celebrar. A sanfona come no centro até altas madrugadas. Revisitamos romantizados as notas das belas músicas. Na semana passada, busquei uma mala onde costumo guardar os enfeites usados em anos anteriores. Enquanto os tirava, ficava um tanto decepcionado porque via que já estavam bem estragadinhos. As bandeirolas soltando, os cordões cheios de nós – desses que nem reza desfaz, os balões murchos... Eta! Conscientizei-me de que, na ausência de compras, promoveria a alegoria com o que tinha. Nordestinos aprenderam a duras penas a lidar com o que têm. Para dar tom ao movimento, peguei uma caixa de som e me pus a ouvir forró. "Se eu soubesse que chorando/ Empato a sua viagem/ Seus olhos eram dois rios/ Que não me davam passagem."

Esses versos, atribuídos ao cangaceiro Volta Seca, fizeram-me voltar para o Jorrinho. Entre um prego e outro, um subir e descer de escadas, estava ali naquela pracinha da igreja ao som do mais sólido pé de serra. Quem comandava a sanfona era Barbicha, forrozeiro conhecido na região. Um patrimônio de autenticidade e resistência. Que sensação única. A força jovial, o gogó a enaltecer os contadores do nordeste. Divino! Naquele ano, especificamente, passei vinte horas (você não leu errado!) cantando forró numa barraquinha de palha do lado esquerdo da igreja. O cheiro e a chama das fogueiras aqueciam-nos do ventinho frio. O povo descia para tomar banho na bica e lá estávamos nós; pernoitados. Muitos não resistiam e com toalhas no ombro e escova na boca paravam para engrossar o caldo dos festeiros incansáveis. Uma barraca mandava comida; outra, bebida e não havia um só cantador sem alimento. Do corpo, do copo à alma. Talvez aquele tenha sido o melhor São João que já vivi. Se assim não o fosse, esse gosto de licor, canjica e forró não me estaria vindo à boca tão convincentemente. Hoje estou na cidade, no meio de uma pandemia. Um processo que marca a ferro nossas histórias. Ainda assim vou ritualizar ao meu modo, à obediência do contexto. Dá para fazer um chamego bom em casa. Abrir um licor, comer amendoim, milho, fingir que chupa a laranja. Escutar Gonzagão e até Gonzaguinha. Ouvir tareco e mariola, filho do Dono, caboclo sonhador (amo!), de mala e cuia... Pronto! O santo agradece. Sei que há a cinza dos que lutam pela vida, mas a fogueira ainda está queimando.

Salvador, 23 de junho de 2020

SOLIDÃO A DOIS

É quase inevitável atribuir o título dessa crônica a algo negativo. A dor de estar só, ainda que acompanhado, seria pior do que a solidão sozinho. As lâminas que atravessam o ser ilhado, mesmo com pontes para o continente, indicam, invariavelmente, o caminho desafiante das angústias. Tenho refletido acerca da solidão a dois, mas levando em consideração outro recorte. É comum falar sobre isso e receber uma palavra de validação. Foram tantas que acabou nesse escrito. Eu acredito que todo casal deveria ceder ao outro o espaço da solidão. Essa solidão particular que nos pertence, desde sempre. A busca para um espaço de diálogo com sua consciência, fraturas e faturas. Não me parece positivo condenar duas pessoas, cujos afetos promoveram uma relação, a passar o resto dos dias na monitoração biunívoca. Não somos escovas. Todos nós ansiamos por momentos de solidão profunda. A atividade que nos permite vivenciar mais as nossas individualidades. Muitos casais preferem a luneta da observação. Pensam que, agindo ao contrário, estarão dando oportunidades para o afastamento do parceiro ou até mesmo infidelidades. Recentemente conversava com um grande amigo. Envolto a crises recorrentes no casamento, estava vendo a sua história naufragar. Quando dei uma sugestão nesse sentido, o que ouvi de volta foi justamente o medo da traição. O fornecimento de combustível para a própria desgraça. Insisti na solidão. Defendi que esses espaços são verdadeiros oxigênios para qualquer relação. Deixar o outro viver particularidades fora do nosso raio de ação gera mais benefícios do que mazelas. Isso deve ser entendido a partir da perspectiva de que ambos se querem. Na metade da década de oitenta, a composição *Eu te amo você*, do Kiko Zambianchi, era imortalizada pela cantora Marina Lima: "Eu te amo você/ Já não dá pra esconder/ Essa paixão/ Mas não quero te ver me roubando o prazer da solidão". Os pronomes me e te mudam de posição, destacando que o protagonismo do "roubo" é rechaçado independentemente da autoria. Essa dialética confirma que o prazer do estar só é fundamental para as pessoas. Mesmo no amor, quando isso é retirado, deixa-se apagada uma necessidade humana. Esse apagamento não se dá sem feridas. Elas se forjam num desenvolvimento gradativo e terminam por agredir a comunhão em momentos dados. Mais dia, menos dia, o sufocamento vai dando lugar ao desgaste. Não é objetivo deste texto desenhar camisa de força ou disseminar um receituário para estabelecer relações duradouras, mas afirmo o quanto é importante a dinâmica da ausência. É um verdadeiro afago para as almas. A leve lembrança, o detalhe, o sorriso, as ranhuras ganham contornos diferentes na distância. É comum sentir falta. A solidão a dois não precisa de muito. Ela pode ser vivenciada inclusive sob o mesmo teto. Até no mesmo quarto. Quando a gente começa a identificar sinais de isolamento no outro, o mais indicado é deixar a experiência fluir. Não vale se sentir menor; menos amado ou substituído. Se os dois carregam consigo a importância de permanecerem juntos, proporcionar as viagens para as suas ilhas é um grande exercício de amar. Esse amor que não quer o egoísmo da atenção irrefreável e rejeita a obrigação das conversas. A delicadeza de amar perpassa necessariamente pela sabedoria da empatia. O mais é ferrugem.

Salvador, 10 de novembro de 2020

NÃO EXISTE VIDA
FORA DA METÁFORA

Vergalhão. Cimento. Madeira. Pau. Pedra. Denotação. Objetividade. Realidade. Tenho dificuldade em compreender pessoas atestando que a vida só existe porque os olhos cartesianos nos salvam. O positivismo nu e cru (?) é a máxima empreendedora cujo resultado é a realização terrena. Dessa forma o espírito sistemático seria a nossa engrenagem essencial. Uma vida sem o concreto é uma vida que não existe. Será mesmo? Vou tentar argumentar bem ao contrário. Gostaria que você fizesse a seguinte reflexão: da hora que você acordou até este momento, quantas metáforas foram necessárias para que seu dia se fizesse de fato? Quantas seleções fantásticas foram feitas para que você se fizesse entender? Permanecer no mundo? Tente promover um recuo sobre como estamos o tempo inteiro buscando na subjetividade as formas de manter a coerência desafiadora de todos os dias. Tentou? Percebeu a impossibilidade de seguir sem essas formas/fórmulas? Pois é! Mesmo assim a preferência pelo concreto parece ser o grande tônus da maioria. Há uma associação física ao que é palpável, como se somente essa nota nos fosse o bastante. Como se fosse possível equacionar a vida tal qual uma aula de Matemática. É verdade! Passamos pela metáfora sem lhe atribuir o valor merecido. Regente e regido. Sem precisar o quanto de substância é pulverizado no seu prisma. Tudo o que está sobre a Terra um dia já foi metáfora; filosofia. Devaneios insistentes de sonhadores desavisados. Tudo o que circunda a nossa história já foi o não existir. Já foi o não é. Das revoluções históricas ao celular; da calcinha ao descobrimento do Brasil; da algema à queda do muro de Berlim... Tudo! E para quem é criacionista todos os substantivos naturais um dia já foram a mágica do poder de Deus sobre o mundo. Esse ser que imprime essas linhas agora um dia já foi metáfora. Já foi o barro sedento por ventanias. Meu ser, elevado ao quadrado, também está sobrecarregado de subjetividades; espasmos e colapsos somente meus. Então cada verbo proferido vai evocar sinais e sentidos multifacetados, repletos de conexões cujas sinapses não funcionariam sem o vigor da transferência, aquilo que, na Etimologia, seria característica da metáfora. O que são as orações senão grandes metáforas? Pai Nosso... Ave-Maria.... Aquele que habita no esconderijo do altíssimo... A rigidez com que somos convidados, digo, convocados a nos enxergar, distancia a percepção sobre esse transporte vital. As conquistas pessoais, as referências e modelos a serem (per)seguidos fazem o apagamento dessa estratégia, promovendo toda sorte de desdém. A metáfora, contudo, está sempre presente. É o calo-algodão dos pés rachados. Faz-nos remodelar as estruturas áridas para que sejam alcançados os sentidos a serem impressos. Não dá para prender a comunicação no vão denotativo; assim a vida não iria, nem viria. Neste inédito ano de 2020, em que fomos surpreendidos pela tragédia da pandemia, nada nos foi mais útil do que a metáfora. Se chegamos aqui com algum nível de equilíbrio é porque conseguimos esperançar a cada sol nascente. As janelas de possibilidades para as quais o nosso horizonte se abriu teriam sido acres em demasia, não fosse o transporte das cores, dos sabores. Arrisco dizer que tais janelas sequer existiriam com lunetas ao horizonte. A limitação asfixiante não deixaria pedra sobre pedra. Precisamos falar da metáfora não como uma figura de linguagem apenas, mas como uma célula fundamental. Nem só de pão viverão a mulher e o homem. Eles viverão de metas, mas, sobre todas as coisas, viverão de sonho, pois quem tem meta alcança e quem tem sonho se lambuza na felicidade. A vida fora da metáfora é o repouso completo.

Salvador, 19 de dezembro de 2020

AQUELE ABRAÇO

Ontem abri pela primeira vez neste ano as janelas do apartamento. Admirava dois periquitos brincando em pleno voo à minha frente. Tentei segui-los até onde a minha vista pôde alcançar. Suas penas azuis e verdes davam valor e vazão ao meu momento. Decerto se esconderam no pequeno fio de mata atlântica, sobrevivente heroico da nossa intervenção desbocada. O dia estava iluminado com a força do sol e do janeiro. Esse mês tão esperado pela bússola mágica dos recomeços. Observo carros e pessoas descendo a ladeira, com suas pressas e máscaras costumeiras. Tudo muito igual ao ano passado. Uma senhora agacha-se para pegar o cocô do seu cachorro, enquanto se esquiva para dar passagem a outra mulher que também descia com seu animalzinho. Nesta última não consegui observar o bendito saquinho. Mas é sempre comum. Minhas vistas sobem as janelas do prédio à minha frente. Na varanda de um dos apartamentos uma cena me enche a manhã: duas mulheres se abraçam num carinho que mexeu comigo. Aquele abraço gostoso onde cabem todos os bons sentimentos do mundo. Não sei ao certo, mas pareciam mãe e filha. Uma, sem dúvida, uma senhorinha de cabelos tingidos pela tinta do tempo, aceitava o abraço ao passo que o retribuía na mesma amabilidade. A outra, mais nova, acariciava sua tez com carinho e respeito. De estatura mais baixa, olhava para a possível mãe tal qual um fiel a um santo. Fico ali apreciando a cena, como se estivesse envolvido num roteiro cinematográfico. E estava! Ali eu era um espectador ávido, seduzido por cada movimento. Era o que me alcançava a física. Como no cinema mudo, as imagens me diziam sem sons ou ruídos. A filha entra no apartamento enquanto a senhora permanece na varanda. Não faz muito calor. Há uma brisa agradável circulando nos paredões da rua. Permaneci observando a tomada. Para a minha continuidade, outro abraço volta a acontecer. Agora mais demorado. Mais prenhe de ternura. A gente se salva nos detalhes. Fiquemos de olho neles. E um abraço é uma intimidade para o eterno e para o materno. Os corações se tornam duplas na sinfonia grave da vitalidade. Ouvi recentemente no canal Curta que os sons graves são os que mais emocionam porque nos remetem aos sons uterinos. Levam-nos para um lugar seguro em que emoções afloram na seiva branda da natureza do ser. Estamos carentes de abraços. Dois mil e vinte foi o ano em que menos nos servimos desse acontecimento. Acostumado com abraços demorados e apertados, precisei selecionar a magia. Isso não ocorreu sem prejuízos. A gente sabe! Faz falta. Mais do que beijo! Mais do que sexo! A verdade de um abraço verdadeiro é cura. Ali a expressão do bem-querer diminui dores, movimenta o horizonte, ampliando novas empreitadas e utopias. Por enquanto vamos nos salvando nessas porções mágicas presenteadas pela vida. O 21 ainda nos afastará dos abraços, promovendo mais lacunas e mais desejos. Sendo assim, estejamos atentos aos roteiros; às dádivas que, mesmo na turbulência, continuam nascendo em cada terreno perpassado por água ou não.

Salvador, 12 de janeiro de 2021

VERÃO NOSTALGIA

O verão mais diferente de nossa história se faz em 2021. Para quem é folião ou não, cristão ou agnóstico (tenho ressalvas ao ateísmo), vivenciamos uma profunda reviravolta na ordem das coisas ou na ordem do caos. Para mim que gosta da estação com o olhar de quem se diverte a cada evento, parece que não é. Não está! Salvador é uma cidade batizada pelo mar e pelas festas, nada disso tem acontecido. Há alguns aventureiros fazendo sons presenciais por aí, mas falta algo. Algo que encime a alegria. Nossa geração é a geração do contato, do abraço; do suor e da cerveja. Tudo isso é vazio. Onde estão os ensaios? Começar o ano novo sem ouvir Ajeumbo no Cortejo Afro já foi um grande impacto para mim. O Bomfim foi virtual. Yemanjá precisou guardar o espelho. Onde estará Gerônimo e banda Monte Serrat, pagando promessas de muitas gentes? O Olodum? O ensaio do Muzenza? E a noite da beleza negra? Onde? Para usar um termo em voga, vivemos a primeira distopia estival da cidade. Na última quinta-feira de janeiro não aguentei e fui à Colina Sagrada. Como há muito tempo não fazia, assisti a uma missa completa. Na entrada uma turista inconveniente de sotaque paulistano insistia para entrar sem máscara. O moço repetia a proibição do acesso. Ela deu ares de revolta, mas foi obrigada a obedecer. Álcool gel e bancos sinalizados já indicavam que havia algo fora do ritual. A igreja podia mais. O santo do dia era São Tomás de Aquino e ali mesmo eu pedia para ser contagiado pela sua inteligência. Contagie-me! Teve um momento em que me esqueci da covid. Envolvi-me com a homilia. Desci as escadarias, amarrei a fitinha e pedi o Uber. O carro todo cheio de divisórias em acrílico também sinalizava o novo normal. Depois das saudações e simpatia, ele dispara: – Eu não vejo a hora de bater um tambor. – Ah! Você é do candomblé? – Na verdade sou da Umbanda. Sou alabê. – Essa é a Bahia. Acabo de sair de uma missa e tenho um motorista que é alabê. Rimos e ao mesmo tempo cantamos juntos: "Nas mãos do alabê, ouço o som do tambor e o fino toque do agogô..." Um largo silêncio tomou conta da viagem até o Pelourinho. Palavra nenhuma foi dita, mas tudo estava ali. Sabíamos que tínhamos uma alegria emparedada. A chegada ao Pelourinho foi melancólica. As ruas vazias de gentes e falas remetiam a uma cidade fantasma, dessas onde todos morreram; fugiram. Um ou outro turista passava com as pinturas da Timbalada. Nunca vi a rua Gregório de Matos tão erma. O Terreiro, que tem nome de Jesus longe de sorrisos e cravinhos, era só uma fila de táxi. A lua da Cantina dormia sossegada. Em outros tempos cada beco estava pegando fogo. Na boca do carnaval a cidade já vive a explosão da festa-mor. O carnaval vai chegar. Vai? Só nas lembranças e nos afetos. Não tem banheiro químico, nem sapatos sujos à porta, nem o axé das antigas nos trios, nem espetinho, empurra-empurra, fantasia, fotos e mais fotos... "Ó o gelo" nem pensar! Um vídeo que recebi essa semana dizia que o mais estranho era o fato de não poder optar por estar ou não na avenida. Muitas vezes o carnaval acontece e você nem aparece – não é o meu caso –, mas você sabe que ele está lá. Agora não. Ele é um imenso nada. Ontem seria o desfile dos mascarados. Coloquei uma fantasia de árabe e fui ao Farol da Barra. A nostalgia me invadiu profundamente. Um cantor tentava animar as poucas pessoas no eterno Beco da Off, na minha cabeça, porém, retumbava uma música de Gente Brasileira: "De banzo eu não sofro, eu não sofro não. Africa oye no meu coração." Enquanto escrevo isso uma lágrima me escorre, confesso. Pude ver muitos mascarados na rua, mas não os de outrora; não os que sorriam dentro de suas alegorias. Algumas pessoas me olham de forma estranha. Que faz esse maluco com essa fantasia? Não é carnaval, cidade!

Salvador, 12 de fevereiro de 2021

DAS FALAS HIERARQUIZANTES OU DOS MITOS LIMITANTES

O doutor é melhor que o mestre, que é melhor que o especialista, que é melhor que o graduado, que está a anos luz do leigo. O letrado é melhor que o analfabeto digital que é melhor que o analfabeto geral. O advogado é melhor que o rábula. Nem vou falar de juízes e promotores. Ah! Essa hierarquia do judiciário... O Sudeste é melhor que o Nordeste. Mas Salvador é melhor que Feira de Santana, que é melhor que o interior. No interior do interior há lugares melhores que outros. Pessoas melhores que outras. Terras melhores que outras. O evangélico é melhor que o católico. O católico é melhor que o espírita, que é melhor que o candomblecista, que é melhor que o agnóstico. Este, por sua vez, é melhor que o ateu, que é melhor que o satanista. O respiratorianista é melhor que o vegano, que é melhor que o vegetariano, que é melhor que o carnívoro. O avô é melhor que o filho, que é melhor que o neto; esse bem melhor que o bisneto... O avião é melhor que o carro. O carro é melhor que a moto, que é melhor que a bicicleta, que é bem melhor que o ônibus, que é bem melhor do que andar a pé. O engenheiro é melhor que o arquiteto, que é melhor que o mestre de obras, que está acima do pedreiro, que vive acima do seu servente. O hetero é melhor que o bi, que é melhor que o homo, que é melhor que o pan, tri, tribi... O homem é melhor que a mulher. E a mulher é a mulher. O Rio é melhor que São Paulo, que é melhor que ela mesma. Salvador é melhor que Recife, que é melhor que Fortaleza, que é melhor que Natal, que é melhor que São Luís, embora durma em lençóis. O reitor é melhor que o diretor, que é melhor que o coordenador, que é melhor que o professor, que é bem melhor que o aluno. A extrema esquerda é melhor que a esquerda, que é melhor que a centro-esquerda, que está acima da direita, que é melhor que a centro-direita. A extrema direita é uma merda total mesmo! O leal é melhor que o fiel, que é melhor que o falso, que é melhor que o traíra. A fazenda é melhor que a vazante. A vazante é melhor que a roça, que é melhor que o eito. Pântano é melhor que charco, que é melhor que brejo. Este bem acima do lamaçal. Antes de qualquer desdobramento, devo dizer que essa hierarquia vai depender do lugar de cada um, do tipo de negociação de sentido que se faz com o mundo à sua volta. A quadrilha infinita dos melhores não tem fim. Estamos sempre à mercê do comparativo como a máxima da especulação dos sentidos do mundo. Não vemos as veias que perpassam por todos, porque preferimos o comodismo da classificação. Cada vez mais ciente do continuum, tenho emprestado desconfianças sérias às dicotomias. Válidas até certo ponto, mas não efetivas em si. Se me fosse dado o poder da desconstrução, eu gostaria de banir as classes; de qualquer tipo. Em vez de me voltar somente para as ilhas dos símbolos, preferiria voltar também a atenção para os mares; o ponto de intersecção de tudo. Poderíamos assim diminuir as fronteiras impostas pelas polarizações; acionando um devir de possibilidades dialógicas sem extinguir as lutas, já que são promotoras de crescimento. É contraproducente limitar tudo ao nosso redor à pirâmide dos adjetivos. Esquecemo-nos da argamassa dos tijolos. Dos enfileiramentos, dos retornos, das idas. Cerceamos as consciências ao decretar a impossibilidade de o centro encontrar a periferia ou vice-versa. Num mundo melhor caberiam dicotomias, mas caberia, sobretudo, a linha infinita da continuidade.

Salvador, 6 de março de 2021

E-LABOR-AÇÃO

Não. Nós não podemos viver sem elaboração. A cada passo diante do existencial, aperfeiçoamos – não com facilidade – a capacidade de refletir criticamente acerca das tensões e desafios que nos imprimem e nos oprimem. Complexificar, então, torna-se uma estratégia para uma vida permeada de mais significado, porque conseguimos ligar determinados pontos cujas projeções podem nos revelar mais conhecimentos sobre nós mesmos e o outro. Existe, no entanto, um limite que precisa ser levado em consideração. Porque não acredito que tudo deva ser elaborado; passível de labor, como bem quer a memória etimológica dessa palavra. Num encontro de escritores, ainda no modo presencial, notava a demanda de uma das palestrantes em dizer que estava num processo de mudar o próprio nome. Numa invenção fabulosa, suponhamos que ela se chamasse Ana Silva dos Santos. No primeiro livro, a autora extraiu o Santos, porque não se sentia pertencente ao pai; à sua história de vida e patriarcalismo. No segundo, ela deletou o Silva, por não se notar ligada à mãe. Afirmava-nos em seguida que no próximo livro retiraria Ana e se rebatizaria com um nome que lhe representasse mais. Pergunto-me: será mesmo possível alcançar tamanha desidentificação? Com tantas culturas e arquivos há mesmo condições desse beijo num eu genuíno? Existe eu genuíno? Não critico o seu exercício pessoal, mas o êxito na execução.

Qual será o fim último dessa busca? A que se destina? A sensação que tenho – e isso é sensorial mesmo – é a de que na ânsia de passar o leitor eletrônico em tudo, buscando um monitoramento sistemático do estar no mundo, acabamos por desenvolver patologias graves. Talvez a principal delas seja passar pela vida somente elaborando.

Os psicanalistas, baseados em Freud, afirmam que boa parte de nós nem sequer elaboramos. Passamos largo tempo apenas recordando e repetindo. A ressignificação, fim último do processo, pouco se dá.

Distanciando-me um pouco dessa assertiva, porque não sou nem psicanalista nem psicólogo, tenho a crença de que é possível viver a vida sem colocar tudo na peneira. Há situações inevitáveis, mas para tantas outras dá para seguir sem cutucar. Há nódulos que estão melhores, quando seguem um fluxo autônomo. E isso não tem a ver com o esquema do avestruz. "Até cortar os próprios defeitos pode ser perigoso – nunca se sabe qual é o defeito que sustenta nosso edifício inteiro." Impossível não fazer um paralelo com a famosa carta de Clarice Lispector à irmã. De repente, certos comportamentos e situações são vitais para uma permanência menos dolorosa no mundo. A base ou a escora que sustenta cada um. Estamos preparados para agulhar determinados calços? Quem banca o vazio dessa tortura? Identificar os esquemas que são passíveis de um olhar menos criterioso é uma dinâmica para a vida. Saber que eu não sou o filho preferido de minha mãe, por exemplo, não me faz ficar buscando explicações recorrentes. Não sou menos afetivo por isso; nem lhe infiro censuras ou comentários desajustados. Sim, eu sei! Cada caso é um caso. Mas Viver é ignorar muita coisa. Deixem a arqueologia fora disso.

Salvador, 24 de abril de 2021

O METACANCELAMENTO NOSSO DE CADA DIA

Cláudia Leitte é uma cantora rasa; a própria genérica de Ivete Sangalo. Falou o fã de Ivete. Aquela mercenária que só pensa em dinheiro. Arte genuína na cena do carnaval baiano só Daniela Mercury e acabou. Margareth até que se esforça, mas não é igual não. Agora foi que eu vi. Daniela é aquela cantora que quer que a gente engula o casamento gay na tora? Me poupe!! Hmmm. Um homofóbico foi identificado. O que você tem contra casamento gay? Se união hetero prestasse, não se via tanta traição e as casas de adoção não estariam lotadas. Mais um heterofóbico. Ser hetero agora é proibido. Não existe heterofobia!!! Vai estudar sobre maiorias minorizadas, palerma. Maiorias minorizadas? Eu vi uma Lumena entrar na discussão? Esse discursinho academicista pra cima de mim? Lá vem o outro que, pelo visto, é auditório do Big Brother. Que referência... #ridículo. Big Brother também é cultura! Oxe! Que história é essa de sempre menosprezar o que é popular? Eu acho que ela não quis menosprezar o programa. Ao menos, é minha opinião. Por acaso alguém pediu a sua opinião? Vai comer seu hambúrguer de jaca, vegana estúpida. Se é que é vegana mesmo. O perfil está cheio de folhas de alface. O veganismo é a salvação da humanidade, bando de assassino de animais. Daqui uns dias, vão nos comer por comer um bife. Vai procurar o que fazer. Gente, não precisa tanto. Cada um defende seu ponto de vista e tudo fica lindo. Lá vem a equilibradinha formada em autoajuda no grupo de whatsup da família. Mindset é a pqp! Nossa! Esse cara está bem nervosinho. Que falta faz o rivotrill de cada dia. Parem de ficar indicando remédio para tudo, cambada de hipocondríaco. Já tem médico entrando na história é? Vai ver é um desses formado na Bolívia. Sem prestígio nenhum. Qual o seu problema com a medicina da Bolívia? Melhor que seu cursinho de pedagogia a distância, que você esbanja na sua descrição do face. Mas é um tosco mesmo. Não fosse a pedagogia você nem estaria aqui escrevendo. A pedagogia não é responsável pela escrita. Vá pesquisar! E onde fica o curso de Letras nessa história? Pelo que sei Letras só serve para saber a diferença entre realismo e naturalismo kkkkk. Meu Deus é sempre esse o lugar do professor. Professor não faz nada, minha filha. Ganha no mole. Nessa pandemia então. Estão amando ficar em casa só com a vassoura na mão. Não tenho nada contra professor, mas você acha mesmo que o serviço doméstico é um trabalho fácil? Vá cuidar de uma casa todo dia, que você vai ver, macho escroto. Só porque ele disse isso você o chama de escroto? Só? Eu vivi para ver mulher defender macho escroto. Lá vem a outra com esse papo chato de feminista. Pela foto que vi dessa, além de gorda deve ter cabelo no sovaco. Gente, é sério que a gordofobia chegou nessa postagem? Tu não é gorda, mas é anoréxica. Nossa! Por que esse tom pejorativo com a anorexia? Você sabia que isso é um distúrbio? Por que, em vez disso, você não aprende a escrever em português? Tu és! Aprenda! Não sabe escrever não? Vixe! Viemos parar no preconceito linguístico. Meu Deus! Que tristeza. Essas viúvas da tradição gramatical não se enxergam mesmo! Falou a profeçora que deve achar certo falar broco e pranta. Você já ouviu falar em rotacismo, louca? Por que o louco sempre é colocado nesse lugar? Você já refletiu se os verdadeiros loucos não somos nós? Vixe. Falou o Ney Matogrosso. Gente, bora parar com isso! Tô vendo aqui que o autor do texto é um tal @thiagoveldefarias. Vamos lá na página cancelar ele geral. Os perfis dele são todos públicos. Pelo visto não sabe o que quer da vida. Quer ser professor, cronista, cantor, poeta.... já vi que não é nada! #cancelavelde

Salvador, 8 de maio de 2021

UM CARA DIFÍCIL DE DOMESTICAR

Não valeu a pena ter ido à missa. Não valeu a pena ter sido jogador de futebol. Não valeu a pena estudar Medicina. Nem Segurança do Trabalho. Foi um erro deitar tanto tempo no divã. Me arrependo de ter curtido tantos carnavais. Para que tanta quadrilha de São João? Talvez melhor fosse eu ter sido de direita. Fiquei muito preso no estado da Bahia. Nem sei por que li tanto Gabriel Garcia Márquez. Meu mestrado. Que loucura. Michel Pêcheux não merecia tanta energia gasta. Horas e horas nas praias para quê? Para que tanta cerveja gelada? Que graça teve fazer a árvore genealógica da família? Que graça teve fazer caminhadas? E aquelas letras de música? Um erro saber todas elas. Comemorar aniversários foi uma grande bobagem. Pular ondinhas no réveillon outra perda de tempo. Desemborcar as sandálias também. Para que aprender a dirigir? Não mudou nada saber o nome de todas as capitais do Brasil. A paixão da minha vida. Que bom que não insisti tanto. Será? Aquela farofa de carne de sol. De que valeu? E as reuniões intermináveis com os amigos. Para quê? Para que tanta viagem? Shows? Para quê ouvir tanto as pessoas? Deveria ter sido mais esperto. Deveria ter visitado menos a família. Ter acordado mais tarde. Para quê essa agonia da aurora? Deveria ter ido mais à missa. O acaso não rege a existência, idiota. Bem que eu deveria ter sido jogador de futebol. Uns estudos médicos me cairiam bem, sabia? Ter ao menos noção da segurança no trabalho me teria evitado tantos acidentes. E aquele divã que eu recusei a vida toda? Puxa! Poderia ter mais ciência de mim mesmo. Quantos convites de carnaval eu recusei? Os forrós ao lado da fogueira passaram todos. Não fui. Certa está a galera da esquerda. Deveria ter conhecido melhor o meu estado. Aquela professora insistiu tanto para eu ler *Cem Anos de Solidão*. Soube até que vai virar série na Netflix. Eu deveria estar com o meu certificado de mestre. Sacanagem! Por que fui tão pouco às praias? Recusei tantas cervejas? Nem sei quem foi meu bisavô. Você não é uma ilha, porra! Você tem noção de quantas linhagens vieram antes? As caminhadas poderiam me ter feito bem ao coração. A vida passou e eu nunca aprendi a letra completa de uma música. Devo ter algum problema. Por que eu me isolei tanto nos meus aniversários? Tanta comemoração desperdiçada. O convite para pular as ondinhas ficou sempre no vazio. As sandálias emborcadas poderiam ter ficado lá. Aquelas mandingas nunca tiveram efeito algum mesmo. Perda de tempo. Eu bem que deveria ter aprendido a dirigir. Quantas limitações... Mal sei o nome das capitais do Nordeste. Que brasileiro é você? Qual é mesmo a capital do Mato Grosso do Sul? Me arrependo de não ter insistido mais na grande paixão da minha vida. Estaria mais feliz hoje. Certamente estaria. Como será que ela está? Um sertanejo que não sabe fazer uma farofa? Que vergonha! Honre o sal preso! Aquelas sextas-feiras sozinho em casa. Qual a razão de não ter estado com os amigos? Deveria ter enfrentado meu medo de avião. Ter viajado mais, sabe?! As cidades ficarão para sempre somente na minha memória! Os shows que recusei não voltam mais, seu idiota infinitesimal. Não resolveu muita coisa ser um bom ouvidor. Nem sei mesmo onde está boa parte das pessoas a quem tanto dei atenção. Deveria ter sido menos esperto. Achar que monitorava tudo foi uma grande bobagem. Todas as visitas à família valeram pouco. Tem irmão que nem vejo mais. É verdade! Nunca acordei cedo. Quantos amanheceres essa retina perdeu? Você é um caso a ser estudado. Estudado? Sou um número complexo; "um cara difícil de domesticar". A vida é uma eterna busca pela culpa.

Salvador, 19 de junho de 2021

A INCONSCIÊNCIA COMO PRESENTE

A primeira pessoa que me fez refletir sobre os esquecimentos individual e coletivo foi meu padrinho de batismo. Já confuso com as demandas de um possível Alzheimer, lembro da última vez em que ele tocou o meu rosto. Passava as mãos nas orelhas, olhos, nariz na busca de um reconhecimento nas digitais já fatigadas. Sentenciou: "Sei que é dos meus, mas não sei quem é". Saí daquela humilde casa muito abalado, pois acabara de receber o atestado de que o sertanejo forte (isso não é um eufemismo!), de beleza Alain Delon e disciplina invejável, vivia noutra esfera, cuja narrativa já não me pertencia. Creio que, depois desse dia, fui sumindo no meu sôfrego comportamento. Deixei de visitá-lo. Não me fazia bem! Aqueles olhos verdes estão aqui agora me olhando, enquanto disparo dardos e algodões sobre esta página. Seria a inconsciência o último presente da vida? Poucos animais têm a lâmina diária da consciência de morte, logo não seria um delírio pensar que o apagamento das memórias é um conforto divino. Numa viagem a Barcelona, parei em frente a um lar de idosos, muito próximo da torre traçada por Gaudí. Através do vidro, fiquei observando a todos por alguns minutos. Até fiquei desajeitado. Havia um receio de que algum responsável ficasse desconfiado com tanta observação. Olhos distantes, cabeças pouco firmes no pescoço... Pelo movimento das bocas, poucas palavras circulavam por ali. Fazia frio e retirei um dos casacos, pois, de alguma forma, senti minha temperatura aumentar. Continuei por um tempo em pé, alheado, como se o mundo tivesse parado, como se as centenas de pessoas nas ruas não existissem. Novamente a reflexão sobre a inconsciência me veio como aluvião, voltando rapidamente ao sertanejo. Para aqueles corpos senis, haveria de fato relação lógica consigo mesmo e com o mundo? Eu vou me inclinar a uma negativa. Sobre o inconsciente, com tantas definições inconclusivas, a mais segura para o momento é a de Jung.

O inconsciente é tudo o que foi consciente e hoje nós não acessamos mais. Sendo assim, se é que cabe de consolo, para aqueles que vivem a labuta do cuidado com pais e avós (moços) nessa perspectiva, o sofrimento está do lado de fora, ou seja, não é um drama deles. Se existe pouca alternativa de memória, o lugar no mundo se faz diferente. É um lugar com o qual os supostos conscientes não dialogam. Logo, penso eu, que chegando à senilidade, a natureza se ocupa do apagamento das coisas. Ora! Não deve ser fácil olhar para si e entender que já não dá mais para subir escadas, abraçar os netos, semear, colher... Posso estar enganado e tomara que não esteja: a inconsciência é o último doce da natureza; é um voltar umbilical e poético a uma natureza que só precisa se despedir.

Salvador, 23 de janeiro de 2023

A IMAGEM DO CARNAVAL

Eu não sei se eu procuro as imagens ou se elas me procuram. Mas quem vai resolver isso é o *sarraio*, não sou eu não. Nessa volta de carnaval pós-pandemia, na terça-feira, começo a fazer uma breve faxina. Havia recebido, como já é comum, uma dezena de amigos. Todo ano é esse ritual. Eu vivi o hiato do carnaval com muito descontentamento e confusão cronológica. Tive a sensação de que o ano, tal como o experencio, não tinha fim-início-meio. Na parede expus fotos de outros carnavais com o intuito de rebatizar a grande utopia do povo brasileiro, como quer Gilberto Gil. O aspirador de pó não quis funcionar e lá fui com a vassoura e um espanador para dar conta da empreitada. A intenção incluía também usar os pés para passar o pano na casa. Exercício aprendido desde cedo no Jorrinho, mas que muita gente estranhava na capital. Na varanda vejo uma borboleta, dessas noturnas, presa entre os vidros da janela. Inerte! Embora quietinha, peguei um papel toalha e com cuidado a lancei pela janela na intenção de que ela voasse. Mas vendo a sua queda livre não notava, qualquer movimento de vida. Pensei que deveria ter lançado no lixo, pois a morte lhe era certa. R.I.P. Sua descida em sentido horário me confirmava a breve observação. Mas eis que antes de chegar no solo, subitamente, ela despertou e se lançou num voo faceiro rumo a uma árvore que fica à minha direita. Imediatamente lembrei um dito popular segundo o qual um sapo, se colocado numa panela com água fria, com elevações graduais de temperatura, ficará lá até a sua morte. Pesquisei no nosso oráculo inconteste e há poucas refutações sobre o caso. Faça uma sessão você também: https://portalcmc.com.br/o-sapo-e-a-agua-quente. Parece que ele fica ali parado num ambiente que mesmo hostil, não lhe é capaz de avisar acerca da morte iminente. A borboleta que salvei traz essa reflexão escancarada. Dificilmente ela conseguiria se salvar sem a ajuda de alguém, estava ali na zona de conforto, "presa" na sua pseudoliberdade. Assim somos nós. Muitas, muitas vezes estamos no mesmo lugar do inseto e do anfíbio. Vamos nos aninhando no sarcástico engano que está tudo muito bem, pois não há horizontes melhores. É um caminho delicado, já que figurada em raízes lentamente desenvolvidas, inibem o reconhecimento de Caronte. E lá vamos nós aos submundos. Eu me enquadro muitas vezes nesse contexto e para me apropriar da metalinguagem vou dizer: ia deixar para escrever essa crônica amanhã, se é que teria coragem... Resolvi sair do sofá e pincelar a primeira pessoa que encabeça a crônica. É bastante oportuno fazer esse exercício ambivalente, alimentando a ideia de que podemos mais e nem sempre é o outro que vai nos acordar. Para terminar com voos bem-sucedidos, fico com a imagem mais linda que vi neste carnaval: a borboleta, ao despertar do sono manhoso da morte, abriu os olhos e partiu rumo ao infinito. A natureza está no movimento.

Salvado, 28 de fevereiro de 2023

O TEMPO DO CARNAVAL

"Me espere no poste 241-E na Barra às 19h." Se você não sabe o que é promessa de bêbado, eis um bom exemplo. Vou me ater especificamente ao Carnaval de Salvador (né por nada não, o melhor do Brasil! O pi ni ão com pés passados e presentes). Eu fico irritado com gente que se irrita pelo não cumprimento de horários no carnaval. Faça igual a Bethânia: não vá por aí! Se plante! Já vi casal se pegando por conta disso. Parceiro que desiste da folia e vai pra casa. Cara feia, amarrada, emburrada. Mi dexe! Em tom de ironia é comum: – Esse povo adora se perder no carnaval. Çei! O que a gente precisa entender, pivete, é que o tempo do carnaval é outro. Oxe! E é? Sim! Ele não segue a frequência do cotidiano, não rapá. Ainda mais se se tratar do carnaval da Bahia, estado cujo tempo é outro já faz muito tempo. Meu irmão, pra sua paz, anote: na folia momesca, existe uma briga entre Cronos x Dodô e Osmar e vou dizer mais: o juiz é Dorival Caymmi, na maresia do mundo pra dar um resultado que só vendo. O pescador tem que voltar de cinco dias no mar para dizer quantos amor ele tem. Há ainda, na cocó, aqui pra nós vum, uma peleja entre o pau elétrico do Armandinho e os cabelos afinados de Moraes Carnaval Moreira. Diz minha vizinha, baiana de acarajé no Terreiro que tem nome de Jesus, que a juíza é Daniela. Mas Maga, Saulo e Cláudia ficam sim dando pitaco. Mas ela não dá ozadia, porque quando os três começam com muito cochô cochô ela ouriça a juba e grita que vai chamar Maimbê, com o baixo de Cesário. E olhe que a esposa de Malu não tá nem aí com o fato de Dandalunda ser ministra. Conversa miúda. Então! Pare! Pense! Dá para confiar nesses acordos carnavalescos?! Nessa fuleragem de horário marcado. Aff! Me bata uma cebola. Eu já vou preparado pro abraço ou pro vácuo. Nos dias da festa, você desce Marquês de Caravelas e encontra um amigo do EM. São três minutos de dengo, se for chamar pra tomar uma, falar dos casamentos e separações ... bote mais 7, 8, 18. Se marcar pra comer água, mais 5 pra decidir o dia e local. A britânica está lá no poste. Que fique! Se estiver perto da PM nos dá certo oxigênio. É a fila pra entrar. É a fantada nos quartos. É um tênis que saiu do pé. Isso quando o próprio tênis não se reta e esbagaça na rua. Ser tênis no carnaval não deve ser fácil, parceiro. Carlinhos quer customizar o abadá no baú perto do circuito. É Sarajane que pegou um Gandhi e quer casar, quer um colar, dois, mas ele é parente de Sara Baiana e fica no gingado "não vai dar, vai dar"... É Jerônimo que foi mijar. É a fila que não acaba mais. A outra vê um ex-aluno e se esconde para não ser revelada naqueles trajes. É corre, viu?! Bel quer ver o Baiana, que já passou do Cristo, Marinês quer ver o Cortejo Afro e Portela tem que dar tchau pra ela, se não ela morre. Márcia não toma a cerveja do circuito e fica de isopor em isopor com Durval procurando a porra da cerveja dela. Se a mãe de Marcelo Sangalo não acenar para Airam não teve carnaval. Pqp! Tem o que chora lembrando dos carnavais antigos. Da Banda Reflexus; quer falar Faraó antes da hora. Olodum e Ilê entram na arena. Um diz que na noite da Beleza Negra só tem turista; o outro diz que a terça da Benção não é diferente. E discutem cores, importância.... E Tonho diz que Astrid fez a melhor transmissão da história do carnaval. Outra jura envaidecida que André Santana é seu amigo e torra à espera do seu sorriso de ônibus elétrico. E mais outro lembra de Missinho, do amor que pegou o buzu e partiu pra nunca mais... E haja tempo. Tem o que se arrepende no meio do circuito e quer voltar pra casa. Mas quer provar que ainda está inteiro e segue no galope ditamor (ditador?) da massa. O que quer escrever artigo científico com as letras, no meio do couro esquentado. O que diz bom era quando... só tinha frevo, só tinha axé, só... só... só... Se reta ao ouvir forró, mas o corpo diz o contrário. Se reta com a música eletrônica, mas corre atrás do Alok... é barril. Então, moral... Pro seu carnaval não azedar, tudo isso tem que ser administrado e com doses acarajésicas. Tá me entendeno? Pronto! Pronto! Relaxe! – Aline, chegamos no poste 241-E. Kd vc, mizera?... A mensagem só é respondida depois do último xequerê do Arrastão: – Oxe! Tô no 2023-D em Ondina... Cronos que lute!

Salvador, 1 de março de 2023

BASTA A CADA DIA O SEU MAL

Não sei de quem é e não estou disposto ao oráculo hoje. Ali pelos treze/quatorze anos li um enunciado que segue registrado na epiderme da alma até hoje: "Pensar na desgraça que nos pode ferir amanhã, é ser já hoje um desgraçado". Nem sempre o pensar é passível de controle, embora alguns poucos consigam o seu gerenciamento. A fatura para vencer; o resultado daquele maldito exame; a ressonância que precisa ser refeita; a lista dos aprovados no concurso... Tudo isso nos transforma no peru de Natal: morremos na véspera. Há situações, entretanto, que podem ser evitadas, a fim de guardar a saúde; o bem-estar das pessoas, mesmo que seja por algumas horas ou minutos. Não costumo perturbar ninguém por perturbar. Trazer-lhe assuntos sérios cujas soluções não podem vir no momento da informação e/ou depois também. Relendo *Crime e castigo*, de Fiódor Dostoievski, deparei-me com a carta da mãe de Raskolnikov, informando que sua irmã Dúnia havia sido expulsa do trabalho acusada de ter interesses amorosos no patrão. O russo conta que ela chega em casa numa carroça, tamanha a desgraça que lhe acometia. Acontece, porém, que tudo não passa de um mal-entendido, levando a esposa, Marfa, supostamente traída pela governanta, a reaver a honra de Dúnia. "Como é que eu ia lhe contar uma coisa dessas? Você ficaria agastado, e à toa, pois não poderia fazer nada. Foi por isso que não contei." Termina assim um dos parágrafos da extensa carta. Esse minirresumo miserável (é para ser redundante mesmo!) serve para ilustrar quanta desgraça a gente pode evitar para outrem. Se o seu destinatário nada pode fazer ou se a desgraça já foi aplacada, por que não segurar um pouco ou mexer na ordem do discurso? "Passam bem sua mãe e seu irmão, embora tenham sofrido um acidente grave na estrada." Imagine: "Sua mãe e seu irmão sofreram um acidente na estrada, mas passam bem". Para quem recebe, muda tudo! Claro que se o dizer necessita ser dito, com vistas àquele desabafo de que tanto precisamos, busquemos alguém cuja recepção não será tão danosa. Dá para selecionar. Há pouco o que fazer quando alguém já se foi, nas madrugadas, por exemplo. Na maioria dos casos, é melhor a aurora chegar... e assim pulverizar tais acontecimentos. Basta a cada dia o seu mal. Mateus 6:34.

Salvador, 24 de abril de 2023

TÔ COM PREGUIÇA

No último sábado fui à Casa da Mãe. Assim maiúsculo porque se trata de um ambiente cultural, que traz a cena artístico-alternativa na cidade do Salvador. Estive lá há tempos. Bem antes da pandemia. Por incrível que pareça, cheguei cedo. Assim pude escolher onde poderia me sentar. Pedi uma reserva à tarde, mas fui informado que a Casa só o faz a partir de quatro pessoas. Estava só. De cara conheci uma paulistana, que me convidou para ficar à mesa com ela. Como eu; ela só tinha o próprio eu para o diálogo. O cantor da noite é J. Veloso – o sobrenome dispensa delongas –, o papo fluiu com boas gargalhadas e fomos costurando nossa noite com risos e tons geniais. J. Veloso pede desculpas, devido a um problema no som, mas dei pouca importâcia. Não ao J., mas ao problema. Três garotos do subúrbio ferroviário pedem licença e se apresentam. Violas e versos simples rodopiavam na saleta. Devido ao véu rasgado da realidade de nossa cidade, acabei acessando nos meus arquivos o Boca do Inferno. Sim! Ele está vivo! "Pegue meu número aí, para a gente vê Chico Buarque na Concha." Ela mal terminara de falar e eu: "Pego sim, mas agora tô com preguiça". Meu, a mulher ficou chocada, mas não raivosa: "Como alguém tem preguiça de abrir o celular?" Caímos nas gargalhadas. Primeiro que é um lance difícil de explicar. Eu poderia ir à pracinha – e com disposição – buscar um acarajé pra ela, mas não tinha a menor motivação em abrir o celular, ir em contatos, digitar, salvar... abrir, ir, digitar soavam como verbos pesados para o momento. Ela não se continha nos risos. Pessoas, não confundam essa preguiça, com a preguiça do trabalho. É outro novelo, viu, cosinho!? Há tese e artigos desconstruindo a questão com uma pedagogia freiriana. Essa preguicinha vem acompanhada de sons melodiosos, dengosos e cheia de diminutivos... daqui a pouquinho, nestantinho, me dê um tempinho... Nas vésperas de acender velas para São Jorge, o show segue lindo com a preguicinha critiativa dos velosos. Mais um chega à mesa.

Um baiando morador do Rio, dava-me conselhos sobre o que é ter 50 anos. "Muita coisa muda, viu rapaz. O tesão, a resistênia pra comer água..." Refleti apreensivo! A essa altura, a mesa de seis lugares estava lotada de desconhecidos. Mérito da paulistana! Segui batendo papo sobre a idade por algum tempo, com meu novo amigo. Pouco tempo depois ele diz: "Cara, eu vou querer o seu número, mas agora eu tô com preguiça de pegar o celular". A fala dele foi o suficiente para a gargalhada voltar às alturas, a ponto de ouvir pssssiu de uma elegante senhorinha. Voltamoos ao tema em meio a conceitos e exemplificações. A polissêmica música de Daniela Mercuy, Macunaíma, ecoa em umas das vozes, que a democracia é uma coitada, sequer proclamada porque tá com preguiça. No enunciado, a voz brinca num tom entre alegoria e ironia – o que sempre me faz ri muito, porque está na batida perfeita. A artista consegue, mesmo que ao fundo, trazer o encunciado com uma expressão, quase legítima. O quase só aparece porque estamos tratando de uma música. Resumindo: saí da festa de São Jorge, sem o número de ninguém... Eta! Que maresia! Não fiz nada para o almoço. Tô com uma preguiiiiça hoje. Nossa preguicinha, gostosinha nada mais é que um reconfiguração proverbial: o que eu posso fazer depois, eu não vou fazer agora. Oxe. Mi dexe!

Salvador, 26 de abril de 2023

NOTA DE ENVELHECIMENTO II

Buscava com certa dificuldade decifrar a data de validade de um pacote de banana, tipo chips. Uma simpática senhorinha acabara de me pedir. Eu, para me fingir de moço, tentava sem sucesso. "Acho que é de 90 dias." Disse sem certeza. Busquei o rapaz que fazia algumas arrumações por ali. Estava confirmado eram 90 dias. Em verdade, senti que ela queria mais conversa, mais pilhéria, mas o almoço já gritava e eu queria fazer algo diferente nesse dia. Era tanta a sua vontade de dialogar que, quando coincidimos no caixa, ela me perguntou o preço do milho de pipoca. "Vi em outro mercado. O preço está muito alto." "Tenho que ser sincero: não olhei o preço com atenção não. Mas acho que custa 6,75." Ela quis engatar nova conversa, mas desci a ladeira. Quando posso, chego junto. Faço questão! Penso que somos muito duros com essa faixa etária. Talvez seja o momento mais complexo da vida; talvez até mais que a adolescência, porque sobre essa última versa a melodia da esperança. Vamos isolando essa galera aos poucos e ali dentro daqueles miolos muita coisa é obrigada a morrer antes mesmo de deslizar na cachoeira dos verbos. Já não há mais filhos, netos e amigos que o queiram ouvir. Na academia, outro dia, um senhor era muito paparicado. Estranhei tamanho alvoroço. Mas ele, espertamente, sabia de tudo sobre o campeonato baiano e falava alto, chamando a atenção de torcedores. Os fanáticos pelo Bahêa se aproximavam dele, chegando a fazer um círculo fechado. Já na esteira do meu lado, poucos olhavam para um senhor cifótico e quieto. A peleja interna do idoso é complexa e, na prática, sem saída. Ney Matogrosso costuma repetir que o pior é a instância instaurada entre o querer e o poder. A autoajuda não tem a menor chance porque perde vergonhosamente para a descoloração do tempo. Eu quero. Mas não dá. Acrescenta o artista que, ao optar por uma apresentação mais calma, sem grandes exigências corpóreas aí é que a mente pede para ele extravasar suores.

Descomunal dilema! Hoje pensei se seria possível eu dar uma cambalhota – no Jorrinho, mariscombonda. Gostava muito desse movimento na infância. Mas resolvi não arriscar. Talvez não faça jamais. Outro apagamento acontece nas festas. Decerto já falei sobre isso. Mas como só as palavras se repetem e os enunciados não... Sigo! A gente vai mudando de ambiente, porque nota as novas gerações chegando e você já não mais agrada ali, já não é alvo, exceto por algum fetiche. Ver um outdoor com vários artistas e não reconhecer nenhum deles é mais um sinal de apagamento. Fui comprar uns ingressos no Shopping da Bahia, e tinha uma chamada com 9 artistas. Eu só reconheci o João Gomes, porque fez recentemente uma tentativa de cantar Belchior com Vanessa da Mata. "Saporra, envelheci." Já me percebo sendo forçado a mudar as ambiências. É nítido que a gente vai deixando de ser o rei da festa, desce para conde e se insistir muito vira o bobo da corte. Aí vêm as rugas, a ressaca duplicada, a motivação rarefeita, o pentelho branco, o tesão minguado, a "meia-bomba", a minhacamaminhavida, a impaciência... Muito já se falou sobre o envelhecer, mas, de tudo que já li, vou ficar com o sonho ingênuo e poético do Chico Anysio: "Acho que o homem deveria nascer com oitenta anos. Nasceria com oitenta anos, iria ficando mais novo, mais novo, mais novo, mais novo, mais novo até.... morrer de infância."

Salvador, 29 de abril de 2023

O MENINO QUE SONHAVA
COM AS ESTRELAS

Hoje mudou. E muito! Mas o município de Tucano já foi um grande produtor de feijão. A safra era certa, salvo quando a natureza se emburrava e dizia não à cultura. A colheita, no geral, se dava a partir de junho. Era um ganha-pão certo para quase todos os jovens e tantos pais de família na escassez sertaneja. Do meu grupo nuclear de amigos, não me recordo agora se outros iam às roças arrancar a leguminosa. Mas eu fui muitas vezes. Confesso que trabalhei com a colheita muito mais na fazenda Barra do que em outros sítios. Saíamos cedo, pois não tínhamos transporte para o deslocamento. Muitas vezes minha tia Nazinha, que encabeçava a matilha, errava o horário. Creiam! O seu relógio era a estrela-d'alva, mesmo tendo um pequeno Casio entranhado no pulso esquerdo. Se a dita estrela estivesse alta, era porque o dia já já acordaria. Essa ciência nos promoveu algumas madrugadas no alpendre da casa, esperando o dia amanhecer. O café, quase sempre, era com ovo e cuscuz, feito com fubá Tabajara – não existia flocão. O sol ardia. Tentávamos nos proteger ao máximo do rei e do bredo, uma planta cujo espinho me arrepia só de pensar. Na beira do rio Itapicuru ela dava mais de 1,5 m, chegava ao ponto de termos uma pequena faca na calça jeans lascada, para eventuais retiradas de galhos. Ao contrário, não conseguíamos puxar o feijão, sem o sangue escorrer. Íamos juntando aquelas moitas pé por pé, até fazer a grande moita ou moitas maiores. Eu não tenho lembranças de queixumes da nossa parte. Minha mãe não pagava a ninguém para a colheita, afinal, com uma *renca* de filhos, precisava segurar esse dinheiro para outras necessidades. A bata do feijão era outro evento. Nem sempre podia ir por conta da escola. Mas gostava mais do que a colheita. Às vezes ela ocorria com a batedeira acoplada ao trator; outras com porretes de pau de rato – talvez devido à associação com o órgão sexual do rato, os mais velhos sempre abriam a vogal da preposição, ficando o som pau dé rato. A lona embaixo era a salvaguarda para que os grãos não grudassem no massapê. E o pau comia no centro, garantindo cantorias e sustento por alguns meses. Gostava de ver a batedeira, vomitando os pés já debulhados. Era a fumaça de um trem ao longe. Os mais fortes, levavam as sacas até os reboques do trator; mulheres e crianças catavam ali o desperdício, já que grãos também caíam fora das sacas. Ali por quatro da tarde sentia o alvoroço dos irmãos mais velhos, querendo agilizar o serviço para pegar o baba no Jorrinho. Eu ficava rezando ao contrário. Rezando e desfazendo. Lembro de derrubar a arupemba de propósito para catar os grãos tudo novamente. Como uma espécie de Penélope, tecia o meu sudário. Ficava macetando por horas (não tem o mesmo significado da música de Anitta). Desse modo, macetar vem no sentido de atrasar por capricho as ações. Enquanto alguns adiantavam, eu ficava desfazendo o sudário – mesmo sem ter poder algum – para que a noite caísse. Quase sempre perdia. Mas, quando eu ganhava, tinha de presente o céu do sertão. Sempre escolhia o fundo do reboque. A galera ficava mais à frente e pouca diferença fazia para mim. Eu queria mesmo era ficar só! Deitava sobre as sacas e ali vivia o melhor dos meus sonhos, viajava muito nas Três Marias, no Cruzeiro do Sul. A lua era meu grande vagalume, alumiando os tanques das roças e as poças de água da estrada.... Tinha toda a prata do mundo. E quanto mais o trator diminuía a marcha, mas eu me enchia de poesia, porque sabia que uns minutos a mais ali éramos somente eu e a escuridão. Não posso precisar quantas vezes ficava absorto neste cenário. Não raro chegava ao Jorrinho e precisava de um toque para descer das sacas, tamanha a experiência com o belo. Essas estrelas jamais se apagaram de mim; jamais deixaram de luzir. Vejo todos dos tanques e poças iguaizinhos. Recorro sempre a essa energia, como forma de me rebatizar. De continuar impregnado com a beleza do descuido, da simplicidade e da imaginação. Não era trabalho, era alegria. Memórias do Sertão.

Salvador, 30 abril de 2023